U0025879
……你們要摸魚到幾時？
別鬧了，男生。
到家後……
不是該換上更積極一點的衣服？）
綿苗結花（學校）
樸素不起眼的同班女生。
不擅長和人相處，卻要在
校慶的 Cosplay 咖啡館
扮女僕……
【好消息】
我的不起眼未婚妻在家有夠可愛。
3

「結花妳倒是變了呢……
妳變漂亮了……非常漂亮。」
綿苗勇海
結花的妹妹。比任何人都仰慕姊姊，卻遭到結花冷淡對待。在外是個喜歡女扮男裝的帥氣女生，在家則是……
綿苗結花（家裡）
遊一的未婚妻，最喜歡遊一。被突然跑來的妹妹耍得團團轉，這次將展現出不經矯飾的可愛面貌以及令人意外的一面……？

「姊夫～～～……你好體貼。
我非常能體會結花真心喜歡上你的
這種心情。」
佐方遊一
以前只對二次元有興
趣的高中二年級生。
與未婚妻結花的妹妹
首次見面！卻莫名地
很受她喜愛？

「有這麼多人來，
攤位的人都拚命創作作品
……真的好厲害啊。
我也**得繼續提升等級！**」

・在夏季的活動……

……呿！為什麼我要
穿成這樣？這種打扮根本
就不適合我，真的。
等等！放開我，放開我！
是說，小結，妳手碰到
不該碰的地方了！
才不會啦，妳這樣好可愛！
……嘻嘻嘻！唔喵～～！
我可要吃了老鼠小那喔～～

……呼嚕～～
小那是不是玩得太累睡著了？呵呵……感覺就像多了個可愛的妹妹，好幸福喔♪
唔唔……嫂嫂～～……
——！好、好可愛……！真是的……我最喜歡妳了～～！小那～～！
……呃，妳們兩個在搞什麼？

「……感覺如何？好看嗎？主……主人！♪」
「主人」這稱呼……還是饒了我吧。以丈夫的觀點來看……我覺得很好看。
唉～～哥哥再怎麼樣也頂不住這招啊。我出去一下，你們兩個儘管打情罵俏吧。呿！

【好消息】

我的不起眼未婚妻在家有夠可愛。

My Plain-looking Fiance is Secretly Sweet with Me.

3

Kadokawa Fantastic Novels

彩頁、內文插圖／たん旦

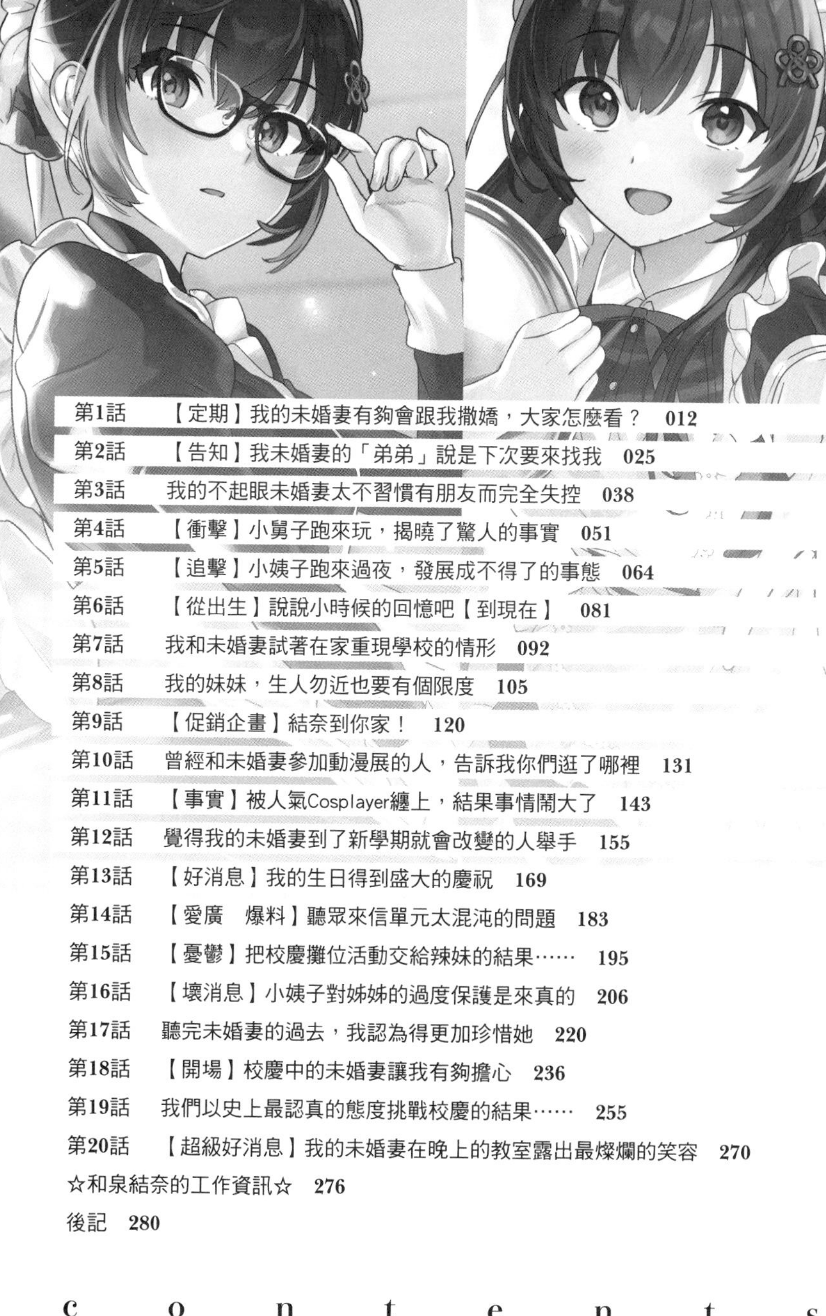

c o n t e n t s

第1話 【定期】我的未婚妻有夠會跟我撒嬌，大家怎麼看？

夏天的一大盛事——廟會已經結束。

似乎是因為累了而睡得太熟……等我醒來，強烈的陽光已經從窗簾的縫隙照進來。

「……嗯？現在幾點？」

我朝枕邊的鬧鐘一看。

呃……已經十一點了嗎？

我慢慢坐起身，正要爬出被窩，結果——

發現未婚妻抱住我的腰，貼著我睡。

「結……結花？這……」

「……唔唔～～小～～遊～～……」

我的未婚妻——綿苗結花整張臉埋到我身上，口齒不清地說著夢話。

我趕緊和她拉開點距離，就看到她嘴角軟軟地鬆開，睡得十分幸福。

一頭柔順的黑色長髮披在她當成居家服的水藍色連身裙上。

勾勒出一雙圓滾滾大眼睛的睫毛長得讓人嚇一跳。

結花的眼睛，在外頭戴著眼鏡時看起來像是眼角上揚，但在家拿下眼鏡，看起來就是下垂啊……不可思議。

「嗚嗚～～……嗚嗚～～……」

我正想著這樣的念頭，結花就突然皺起眉頭，似乎開始作惡夢。

「小遊～～……不在～～……嗚～～」

她喊著我的名字，搖著頭，表情像是隨時都要哭出來。

作惡夢實在太可憐，所以我把她擁進懷裡。

「……嘻嘻～～小～～遊～～……」

突然心情好起來了。

結花即使睡著了，還是很好懂啊。

我和結花本來只是沒什麼交集的同班同學，卻因為雙方父親擅自決定了「婚事」，讓我們成了一對未婚夫妻……開始同居生活。

在結花的行李送到前是讓她睡那由的房間，但現在則是請她把老爸的房間當自己房間用。

畢竟衡量那由和老爸兩個人，當然是老爸明顯更不會回來。

於是我們在二樓都有房間。

但像睡覺的時候，結花就一定會來我房間跟我一起睡。

結花害怕打雷，有一次就來拜託我和她一起睡，而那次成了開端——不知不覺間，這漸漸變成了我們每天的習慣。

當然兩個人的被窩有稍微分開。

不然我的心臟會撐不住。

所以……現在這個狀況完全是結花睡相的問題。

「喵～～……小遊～～……」

「喂！結花？」

不知道結花作什麼夢，只見她突然大大攤開雙臂——然後緊緊抱住我。

她這一撲，讓我再度倒在被窩裡。

結花的頭頂在我的下巴附近。

頭髮傳來一陣香氣。

不妙……我的精神會抵擋不住……

我用力閉上眼睛，拚命想別的事情，以免身體產生奇怪的反應。

——國三的冬天。

我被一個很要好的女生甩掉，隔天這個消息傳遍全班……這個打擊讓我大概一週都不敢去上學，把自己關在家裡。

就在這種時候，我遇到了由大型企業營運的社交遊戲《Love Idol Dream！Alice Stage☆》。

遊戲中有將近一百名叫作「愛麗絲偶像」的角色，每個角色都配了全程語音。

無論遊戲內的事件還是現實中的活動，都琳瑯滿目。

存在這《愛站》裡的愛麗絲偶像當中——有一個人特別閃亮，是我的女神，我的天使，對我而言是世界的一切。

沒錯，她就是——結奈。

綁在頭頂的咖啡色雙馬尾，做以粉紅色為基調的少女風裝扮。

雖然個子嬌小又娃娃臉，胸部卻大得嚇人。

然後用圓滾滾的大眼睛看著我。

結奈她……張開可愛的小嘴說：

『結奈會一～直陪在你身邊！所～～以～～……我們一起歡笑吧？』

——啊啊，我不行了。

本來想分散自己的注意力才去想結奈。

但結奈和結花說話的聲音重合在一起……更令我想入非非。

在這個狀況下，要透過想結奈來分散注意力實在是強人所難。

畢竟綿苗結花——就是和泉結奈。

就是結奈的聲優。

「……小遊，暖暖～～……」

結花用力抱著我，夢話說得格外流暢。

她是樸素又古板的同班同學——綿苗結花。

是我的推角結奈的聲優——和泉結奈。

在家則只是個——少根筋又天真無邪的黏人妹。

和這個有著各種不同面貌的未婚妻一起度過的日子既不無聊，而且比想像中開心。

……但這種處境對心臟不好，真希望她饒了我，真的。

「喂～～結花，差不多該起床了喔。」

「唔唔……頭冷冷喵……」

「頭冷冷？」

「呼……好像，頭上少了東西喵……」

是……是要這樣嗎？

我把手輕輕放到結花頭上。

「這樣喵……」

結花喃喃說完，開始往我手掌下左右擺頭。

這是怎樣？自助摸摸頭？

「呼嚕……肚肚和背背也冷冷喵……」

「肚肚和背背？」

「呼嚕……好像，少了抱抱喵……」

是……是要這樣嗎？

雖然有點難為情，我把手繞到結花背後，用力抱緊她。

「呼嘻嘻～～……唔喵～～」

結花也用力回抱我。

臉頰說有多放鬆就有多放鬆。

甚至還哼起歌…………等等！

「結花……妳絕對醒了吧？」

「我在睡覺～～呼嚕～～」

「真的在睡的人不會說自己在睡啦！」

「那我沒在睡～～呼嚕～～」

「不是這麼說好嗎？」

我慢慢放開結花，坐起身。

結果——結花的眼睛睜得大大的，由下往上看著我。

「被發現了嗎？」

「這樣當然會發現吧……不對，妳從什麼時候就醒了？」

「大概從你說『……嗯？現在幾點？』那時候開始！」

「那不就是一開始嗎！」

我一指出這點，結花就吐出舌頭，眨了眨一隻眼睛帶過。

隨著漸漸習慣同居生活，她撒嬌的方法也愈演愈烈。

結花她……真的很黏人啊。

◆

鬧著鬧著，我和結花一同起床。

準備好早午餐，坐到餐桌旁。

「開動了。」

「開動了～～！」

我咬下一口吐司，發現坐在對面的結花一直盯著我看。

「怎麼啦，結花？妳不吃飯嗎？」

「不是。我看著小遊的臉，就想到廟會好開心……嘻嘻嘻！」

結花手拄著臉，笑得臉都放鬆了。

看著結花這麼開心，就連我的心情也跟著變得溫馨。

「也是啦，雖然發生了很多事，不過……的確很開心啊，結花。」

「嗯！吃吃棉花糖，撈撈金魚！」

「打靶的時候，妳還莫名其妙地把軟木彈誤射到後面。」

「真是的！這種難為情的事情何必特地講出來嘛～～！」

大概是我說話讓結花覺得不中聽，只見她鼓起臉頰。

但是——她立刻又忍不住笑出來。

「啊哈哈！」結花笑出聲來。

「廟會也是很開心啦，可是像我們低調出門約會，還有在校外教學的時候一起看星空……像現在我們這樣一起吃飯也是，只要是跟小遊在一起，就全都！很開心！」

結花這麼說完，露出像太陽的笑。

就像我所愛的愛麗絲偶像——結奈一樣。

我感受到兩人的界線在緩緩搖擺。

自從老爸和媽媽離婚，看著他沮喪得一點生氣也沒有的模樣，我就不再對結婚懷抱夢想。

國三那年冬天的事件發生後，我就害怕會傷害別人，害怕被別人傷害，發誓以後要和三次元保持距離，只愛二次元。

然而，成了我未婚妻的結花——以天真的笑容試著融化我頑抗的心。

「咦？小遊，你怎麼了？」

我陷入沉思，結花擔心地湊過來看我。

看到這樣的結花——我感覺到自己的臉頰放鬆。

「沒有。我只是想到……一直以來都很謝謝妳。」

我下意識說出口的是感謝的話語。

雖然國中時留下的精神創傷不會輕易消失。

但只要和結花在一起，總有一天會——她讓我這麼覺得。

我能感受到結花對我而言愈來愈無可取代……足以讓我有這樣的想法。

「……我才要謝謝你呢，小遊。」

結花喃喃說完，目光直視我。

用她那雙沒有一丁點烏雲，有如萬里晴空般清澈的眼睛。

「我這個人很不會和別人相處……對男性更是有夠不會應付。就只有對小遊……不知道這是為什麼，就是能拿出坦率的自己。所以跟你在一起——我非常自在。」

結花用平靜的聲調這麼說完……又露出平常那種滿面的微笑。

直視這樣的結花讓我很難為情，就把視線移到手機上。

接著我想分散注意力，抽了《愛站》的卡——

「……啊。」

抽到的是「結奈　SR」——對我來說是Ultra Rare。

我輕輕點開畫面上的結奈。

結果就聽到手機發出結奈的語音。

『不用擔心！結奈會一直陪在你身邊。絕對，絕～～對會……陪著你！』

結奈的台詞深深滲進我心裡。

一股暖流漸漸填滿我的心。

『不用擔心！結奈會一直陪在你身邊。絕對，絕～～對會……陪著你！』

啊啊……這是多麼美妙的台詞。

『不用擔心！結奈會一直陪在你身邊。絕對，絕～～對會……陪著你！』

謝謝妳，結奈。

我也保證會一直陪在結奈身邊。

「……小遊。」

「嗯？怎麼啦，結花？」

『不用擔心！結奈會一直陪在你身邊。絕對，絕～～對會……陪著你！』

結奈語音播放到第四次——結花起身弄得桌椅發出聲音。

她滿臉通紅，肩膀不停顫抖……對我說：

「真是的～～……在我面前一次又一次重複播放結奈的語音……這根本是羞恥Play嘛……笨～～蛋！」

就像這樣。

成了我——佐方遊一未婚妻的綿苗結花。

她在外頭很古板。

在家挺少根筋。

努力當好聲優和泉結奈。

跟她在一起，真的——不會無聊。

第2話　【告知】我未婚妻的「弟弟」說是下次要來找我

「小遊～～！你看你看～～！我要開始了～～必殺～～……」

『聲能充填！最大發聲！必殺——咆哮射擊！』

「咻咚——！」

結花把槍型玩具聲靈槍「說話槍」揮來揮去，還自己喊著：「咻咚——！」

「怎麼樣啊，小遊？」

還問我怎樣。

我實在很難給出評語。

我正窮於回答，結花就鼓起臉頰。

「多給點反應嘛～～我們不是一起用隨選影片補看了《假面跑者聲靈》的最新話嗎？這就是在重現場景啊～～」

結花輕輕把披在居家服水藍色連身裙上的黑髮往上一撥。

兩眼炯炯有神，彷彿自己真的成了「假面跑者」，露出得意的表情。

我的未婚妻今天好亢奮啊。

「佐方遊一——戰鬥吧！戰鬥就是愛。而愛就是……『地球的聲音』！」

啊啊，這台詞我記得。

雖然靠著前後的熱血情境用氣勢帶過了，但冷靜下來聽聽看，這完全是那種讓人聽不懂在說什麼的台詞。

不過結花似乎打開了某種開關，只見她閉上眼睛，用力握拳。

「《假面跑者聲靈》……很好看吧，小遊。以前我都沒怎麼看過特攝……但在桃桃的推薦下看了，我整個迷上了！」

順便說一下，「桃桃」指的就是我們的同班同學——二原桃乃。

有著一頭染成咖啡色的長髮，大大的眼睛。

從沒穿整齊的制服上衣可以看到醒目的大胸部，外表很辣妹的二原同學。

我直到最近——都還稱她是「開朗角色辣妹」。

但得知她隱瞞的祕密……對她的看法就有了很大的改變。

——外表是辣妹，內涵是個太熱愛特攝的御宅族。

大概就像這樣。

「超級軍團系列也很好看！《花見軍團滿開戰隊》——看著看著，我都跟著想賞花了～～」

「可惜有個問題，就是節目播放的時期和賞花期錯開了。」

結花說得沒錯，我們因二原同學的影響，開始收看的《假面跑者聲靈》與《花見軍團滿開戰隊》……作品本身就很好看啊。

二原同學明明可以對其他朋友傳教……

我想到這裡，立刻又想通了，覺得「不可能吧」。

如果問我想不想對別人宣傳自己當成神作崇拜的《愛站》，我也不是很想這麼做。

要是我所愛的結奈被人嘲笑——就會演變成亂鬥。

二原同學也一樣。

如果特攝作品被人嘲笑，哪怕對方是朋友，也會真的生氣——所以把特攝作品和朋友都看得很重的二原同學才會一直隱瞞自己的興趣。

但二原同學因為種種原因——把這樣的祕密告訴了我和結花。

雖然不知道算不算是禮尚往來。

結花也把她是佐方遊一的未婚妻，以及我們兩人同居的事……全都告訴了二原同學。

帶來的結果——就是這樣。

「好～～！明天返校日，我要跟桃桃大聊特攝～～！結花和桃桃，是朋友！」

結花黏二原同學的程度已經沒有上限。

也好，雖然不知道當聲優時如何，結花以前在學校的確沒有朋友。

因為她非常不擅長溝通，誰都不敢靠近。

站在我的立場，看到待人處事笨拙的未婚妻能和別人交朋友，是覺得很欣慰沒錯啦……

『聲能充填！最大發聲！必殺——咆哮射擊！』

「咻咚——！」

實在是希望她可以稍微不要這麼亢奮。

明天就是返校日，她卻從今天早上就這麼亢奮。

結果這時——客廳的門喀啦一聲開了。

「……小結，妳在做什麼？呃……是吃了什麼危險的香菇嗎？」

「她」凝視拿著玩具槍玩得開心的結花，說出有點被嚇到似的發言。

一頭黑色短髮，一身讓人分不清是少年還是少女的中性打扮。

穿在牛仔外套下的T恤露出肚臍，短褲底下伸出的雙腿很苗條。

沒錯。

她就是我那要升國二的妹妹——佐方那由。

「那由！就～跟～妳～說～回國前要先跟我聯絡！」

「啥？我不是每次都跟你說我不要嗎？我幾時要回老家是我的自由吧？唉……竟然有個束縛JC（國中女生）的高中生哥哥，真的好噁。」

我才說一句，她就回我好幾句。

我自豪的這個妹妹還是老樣子，毒舌又桀傲不馴。

那由放下旅行用的登機箱，撂下一聲：「呿！」

「別拿那種玩具玩了，多打情罵俏吧。趕快生個小孩，讓我放心好嗎？」

「誰會生啦，白痴。」

「就……就是啊，小那！還……還早啦……真是的。」

那由平常都在老爸赴任的海外生活。

但到了暑假就會住在這個家，或是找在日本的朋友去旅行，把日本的夏天過得很充實。

「……所以，妳旅行結束了吧？不用回老爸那邊嗎？」

「啥？怎樣，你要趕走可愛的妹妹？好可怕……這是家暴吧。小結，妳要小心，這傢伙——是家暴丈夫預備軍。」

「這也跳太遠了吧！我又沒叫妳回去！」

「是嗎？那我就多住幾晚再走。」

看著我和那由的這種對答……結花嘻嘻笑了出來。

然後把那由的登機箱拉到客廳。

「小遊和小那還是那麼要好，讓我看了都忍不住莞爾。」

「才……才沒有多要好！」

「好好好～～小那妳喔，真的可愛死了！好好喔……我也好想要有個這樣的妹妹～～」

看到結花說完笑得那麼開朗，我忽然覺得好像有哪裡不對勁。

我想到，記得結花也有個弟弟。

但她似乎完全不想提這個話題……

◆

「嗨，遊一……過得好嗎？」

「你比想像中沒精神啊。」

阿雅也就是倉井雅春，一邊摸著他的刺蝟頭一邊露出冷冷的微笑。

他那黑框眼鏡下的眼圈黑得嚇人。

我跟阿雅是從國中就認識的孽緣，但我還是第一次看到他這麼憔悴。

「發生什麼事了？阿雅，我可以聽你說。」

「謝啦，遊一……沒有啦，其實這三天，我不眠不休，參加《愛站》的活動，結果就睡眠不足——」

「啊，不用說了，抱歉。」

是我太笨才會擔心你。

「呀喝，佐方！」

這時在我背上拍了一下的是前「開朗角色辣妹」，現「特攝系辣妹」二原同學。

二原同學朝阿雅瞥了一眼，嘆了口氣。

「想也知道倉井你就是手機遊戲玩太多才睡眠不足吧？竟然玩到一張臉變成這樣，你真的太笨啦～～」

「有什麼關係？多虧這一波，拿到了大量我推的蘭夢大人……我沒有一絲後悔！雖然像二原妳這種沒有深深投入什麼興趣的傢伙大概不會懂啦！」

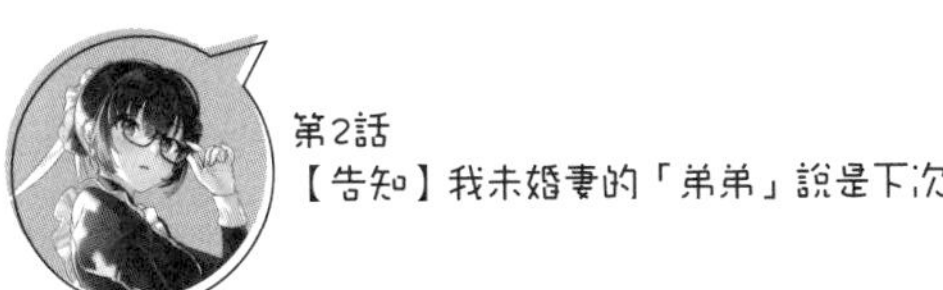

「啊哈哈～～也是啦。」

二原桃乃看似輕佻——其實曾經連看二十四小時往年的特攝名作，然後才來上學（消息來自她與結花的ＲＩＮＥ）。

她的眼圈會不那麼顯眼，多半是靠化妝遮掩住了吧。

阿雅，雖然我不能擅自告訴你……二原同學可是非常接近「我們這一邊」的人啊。

「喔，綿～～苗同學～～！」

我正想著這些，二原同學就用力揮起手。

站在她視線所向之處的是結花。

只是——是在校款的她。

黑髮綁成馬尾，上衣遵守校規穿得整整齊齊。

如果只是這樣倒是很普通，但她面無表情到了驚人的程度。

細框眼鏡下的眼睛眼尾上揚……所以甚至給人一種壓迫感。

結花這麼一副和在家時完全不同的姿態，淡淡地回答：

「……好久不見，二原同學。」

——嗚～～好想趕快見到桃桃喔～～要是我開心得忍不住笑開怎麼辦～～？

結花昨天晚上還說著這樣的話呢。

「綿苗同學，最近好嗎～～？真是的，能見到妳我有夠開心的～～！」

「還好。」

驚人的冷淡回應！

別說笑開了，結花妳根本一條表情肌都沒動耶！

——明天返校日，我要跟桃桃大聊特攝～～！

「欸欸，妳看了嗎？就是我推薦的……」

「嗯，算有吧。」

「怎麼樣？」

「普通。」

同學，妳昨天明明揮舞著「說話槍」玩得很興奮吧！

——結花和桃桃，是朋友！

「……也是啦，在這裡聊感想也有點那個。嗯嗯，那下次我可以去妳家玩嗎～～？」

「為什麼？」

「想跟妳好好聊聊啊。而且我們彼此都累積了很多話想聊吧～～？」

「也沒有。」

朋友的概念亂了。

呃，我是知道啦。

因為結花太不擅長溝通，以往她在學校就是扮演這種古板的形象活到現在。

我也知道沒辦法這麼簡單就改變啦……

「那麼，要上課了，就這樣。」

「真是的，妳還是那麼酷……雖然這樣也很有笑點啦！」

於是——

八月上旬的返校日——就以這種大概不符合結花期望的形式閉幕了。

◆

「……哦～～所以小結才會那麼沮喪？」

那由看著癱軟在家裡沙發上的結花，說了這句話。

「我為什麼那樣白白浪費時間……」「我太糟了……」結花頭朝著我趴下，唸咒似的嘀咕。

「二原同學也知道妳在學校的路線……只要在ＲＩＮＥ好好講幾句話就沒事啦。」

「嗚嗚……謝謝你，小遊……對這麼愚昧的我說出這麼體貼的話……」

她情緒低落到底了吧。

但她仍然勉力拿起手機，看向畫面——

「……嗚！」

然後眉頭皺到我不曾看過的程度。

結花面無表情地把手機按在耳朵上。

「——喂？做什麼？我在忙，有事晚點再……咦？下週一？不要擅自決定好不好？我都還沒問小遊方不方便……啥？有什麼關係？我要怎麼叫未來的丈夫……什麼？『妳也可以叫我小什麼的』？為什麼？勇海就叫勇海不就好了！總之，我們也有我們的行程——」

結花不同於往常，用比較強烈的聲調說話，拿著手機猛然站起。

「等等，勇海，有在聽嗎！——呃，電話都掛了！真是的！」

「結……結花……妳怎麼了？」

我戰戰兢兢地對鼓著臉的結花問起。

結花立刻露出驚覺不對的表情，然後大概是覺得難為情，就變得垂頭喪氣。

「呃……對不起，我好像很吵。」

「勇海……是嗎？妳是這麼說的，該不會是妳的……」

「弟弟」？

我正想這麼問，結花就點了頭。

她難以啟口似的說：

「照勇海的說法，我的家人……在下週一，要來跟小遊見面。」

——咦？

雖說是彼此的父親擅自決定的婚事，我們的確處於婚約關係。

我確實覺悟過，遲早有一天要和對方家長見面。

…………但再怎麼說，這會不會太急了點？

第3話 我的不起眼未婚妻太不習慣有朋友而完全失控

結花這種任誰看了都知道她心浮氣躁的模樣，讓我忍不住笑出來。

我第一次看到有人用說的來表達自己的心浮氣躁。

「心浮氣躁……心浮氣躁……」

客廳的牆上貼著無數裝飾用的貼紙。

餐桌上有著許多結花親手做的菜。

而藏在廚房的，是插了蠟燭的原個蛋糕。

沒錯。

結花會心浮氣躁，是因為接下來有節目。

至於是什麼節目——答案是我們的訂婚四個月紀念派對。

……三個月的時候也辦過吧？結花是打算每個月都辦嗎……

可是——她的心浮氣躁不是因為我。

讓她心浮氣躁的對象是邀請來參加這個派對的來賓。

對結花而言，大概是她上高中後第一個交到的朋友。

——二原桃乃。

「桃桃就快要來了……不知道準備得夠不夠？」

暑假的返校日。

結花本想用對待朋友的態度和二原同學相處，卻不由自主地做出驚人的冷淡應對——讓結花非常沮喪。

而她沮喪到極點之下想到的點子……就是招待二原同學來參加訂婚四個月紀念派對。

「呃～～……結花，我可以認真說一句話嗎？」

「當然！只要是為了讓桃桃開心，不管什麼樣的意見我都會吸收！」

她的雄心壯志真是非同小可。

這根本已經變成在慶祝二原同學的聚會了吧？

「我是換作自己來想啦……我覺得被找去參加朋友的訂婚四個月慶祝會也不會太開心。」

例如，假設阿雅有個三次元的女友，雖然這不符事實。

然後假設阿雅對我說：「我訂婚四個月了……你要不要一起來參加派對？」

這時我會做出什麼樣的行動呢？

……肯定會在阿雅的腦袋上拍個一掌。

而且還會挺用力。

被找去朋友和女友打情罵俏的現場，根本只有尷尬。男生之間絕對是這樣。

「可是，我傳RINE給桃桃，她非常興奮耶，說是：『我要把佐方難為情的樣子拍下一大堆照片！超期待的！』」

「她興奮的點和派對的主旨不符吧……」

嗯，我都忘了二原同學就是這樣的人。

那就沒關係吧……

的確，與其指望結花能在學校拿捏好分寸，不如試著在家和二原同學相處融洽，門檻要低得多了。

「……咕！你們真的要找那個辣妹來？」

我和結花正在說話，那由就插嘴了。

她把手插在牛仔外套的口袋裡，露出明顯不愉快的表情。

「所以那個辣妹不要緊？我看她是想趁著參加派對，把哥從小結身邊搶走吧？」

「為什麼啦……前不久我不是跟妳解釋過了？二原同學也不是跟來夢有什麼交集，她就只是個喜歡特攝的辣妹啦。」

野野花來夢——是我國中時代表白失敗的對象，也是我黑歷史的象徵。

那由覺得這個硬是很愛糾纏我的辣妹動機可疑，懷疑她和來夢有關係……但說了在夏季廟會發生的事情之後，誤會應該已經解開。

「唉……不，她不是野野花來夢的手下這點我是知道了。可是就算這樣，我也不是就這麼放心了，畢竟對方可是辣妹啊。」

「是辣妹……所以呢？」

「辣妹才不會管對方有沒有女友，都會吃掉——她們就是這種肉食獸，真的。」

妳這偏見簡直令人嚇一跳。

呃，我也曾經只因為她是辣妹就防著她，所以也沒資格說那由啦。

「我不就跟妳說了？她看起來是辣妹，但內涵就只是個鐵血特攝迷。賞花不如吃糰子，男人不如變身道具，二原同學就是這樣的人啊。」

「就是啊～～小那！桃桃不是那種下流的女生……妳可千萬別做什麼奇怪的惡作劇喔。」

「……知道了，既然小結都這麼說。」

妳還是老樣子，都不聽我的意見，但對結花就很乖耶。

妹妹和未婚妻很要好當然是好事……但我總覺得有那麼點難以釋懷。

——叮咚～～♪

「呀～～！桃……桃桃來了啦……小遊，怎麼辦！」

「呃，她當然會來吧。因為妳找她來了……」

「……呿！」

那由大概是對慌了手腳的結花看不下去，就大剌剌地走過走廊。

然後喀啦一聲開了玄關的門。

「呀喝，佐方和結……呃，咦？妳是誰？」

「我才要問妳是誰。佐方？噢，那個人昨天搬到西藏去了。那麼，妳請回——」

「呀啊啊啊啊啊啊啊！不要這樣～～～～～～～！」

結花趕緊跑過來，抓住那由的肩膀前後搖晃。

「真是的～～～～！虧我還要妳別惡作劇，虧我還要妳別惡作劇～～！」

「對……對不起，小結……我道歉，不要這樣搖……唔嗯，好想吐……」

「——噗！啊哈哈哈哈！佐方你們家真的有夠好玩啦！」

二原同學看著從後面看她們兩人的我，哈哈大笑。

然後彎下身湊過去看那由的臉。

「幸會。所以……妳就是真正的小那？」

「我是不是那由，在我報上名號之前都不會知道……妳好，我是薛丁格的那由，怎樣？」

那由始終擺出鬧彆扭的態度，簡直讓人拿她沒轍。

我和結花同時往她的背拍了一下。

◆

「喔～～裝飾有夠多的耶～～！你們很用力在準備嘛～～！」

走進客廳的同時，二原同學說出佩服的話。

她視線所向之處是貼滿裝飾用貼紙的牆。

不只有整面的星星與愛心，甚至還貼了「賀　小遊　四個月！」的文字貼紙……這真的會讓人難為情。

「哎呀，佐方，她真的好愛你耶。就連桃乃大人我看了都忍不住嘴角上揚呢～～真的好讓人嫉妒啊～～」

「二原同學只是在挖苦我吧……」

「才沒有呢。你想想，假面跑者聲靈裡面不也說了嗎？說戰鬥就是愛，而愛就是……」

「「──『地球的聲音』！」」

結花和二原同學異口同聲。

雖然這台詞的意思我完全搞不懂。

「……啊哈哈！結結，妳看了《假面跑者聲靈》吧？唔哇，我超開心的耶！」

「《花見軍團滿開戰隊》我也看了！我聽了妳的推薦後去看，就覺得兩部都好～～好看！」

「那下次看看往年名作怎麼樣？我最喜歡的特攝作品藍光精裝盒版隨時都可以借妳喔。」

「咦～～可是每次都是桃桃借我，對桃桃太不好意思了啦～～」

結花與二原同學彼此稱呼「結結」、「桃桃」，聊得連連尖叫。

真是太好了，結花，妳能交到一個可以聊女生話題的朋友……雖然聊的是特攝題材就是了。

我這樣想著。

正溫馨地看著她們──結花突然露出驚覺不對的表情。

然後尷尬地縮起肩膀，微微垂下頭。

「啊，呃，桃桃……返校日那天，我對妳態度很冷淡，對不起喔。其實我期待和妳見面期待

得不得了，可是……在學校，我就會不知道該怎麼面對妳……」

結花以小得幾乎聽不見的聲音坦白說出自己的心情。

二原同學聽了後——

「………………呀————！結結妳真的太可愛了啦————！」

發出尖叫。

還用力抱住忸忸怩怩的結花。

結花放下來的頭髮輕輕飄動。

接著二原同學把自己的臉頰貼到結花的臉頰。

「不用放在心上啦。我怎麼可能因為那種小事……就討厭結結呢？」

「……嗯，謝謝妳，桃桃。」

「……呿！呿！呿呿呿的呿！」

妳哼這什麼某短褂妖怪動畫片頭曲似的節奏。

那由接著用力咂嘴，籠罩一層劇烈的不悅氣場，在餐桌旁就坐。

然後——開始大口嚼起結花做的肉料理。

「啊～～！小那，等一下啦！要大家一起先說開動、恭喜，然後才吃——」

「呿！」

那由就像忘了怎麼說話，不斷發出鬧彆扭的聲音。

我看不下去，揪住那由的脖子，把她從餐桌旁拉開。

「喂……哥，你別這樣！再怎麼慾求不滿，你想拿妹妹做什麼——難道不吃飯，要吃我？真的太禽獸了！」

「妳血口噴人！就是因為妳一直鬧，才會弄成這樣啦！」

我用力把那由甩到沙發上，重重嘆了口氣。

「真是的，妳也太好懂了吧。妳……是因為結花和二原同學感情太好才會嫉妒？」

「啥啊！把你的妄想留到社交遊戲裡吧！我才……才沒有……沒有嫉妒誰呢！不管要和誰感情好，都是小結的……自由。」

那由說著，聲調漸漸低沉。

妳真的很好懂耶。

看到那由在沙發上盤腿坐著，把臉撇開——

「小那……妳好可愛喔，真是的！」

結花嘴角上揚得臉頰都要掉下來似的，緊緊抱住那由。

那由似乎難為情，手腳亂動掙扎。

可是，被結花這樣抱著——她就漸漸安分下來。

「真是的。不用擔心，我可是小那的『姊姊』耶～～」

「放開我！放開我！」

「啊哈哈。不用擔心，我不喜歡搶走別人寶貝的東西。」

那由變得像幼犬似的，二原同學輕輕拍了拍她的頭。

接著二原同學蹲下去，笑咪咪地對那由說：

「小那，感覺妳好喜歡結結呢。哥哥的未婚妻……明明也沒有血緣關係，只是個外人，妳對她卻像對親『姊姊』一樣親。」

「囉唆。」那由這麼一句粗魯的回應本要說出口……隨即又垂頭喪氣。

然後開始小聲喃喃：

「……小結她不是很體貼嗎？所以，我可以相信，她能讓我這個不成材又不是什麼好東西的哥哥……讓他露出笑容。所以，我……」

「那由……」

我感覺到一陣鼻酸，趕緊擦了擦鼻頭。

那由……原來妳這麼為我和結花著想啊。

這麼一想，就覺得這個囂張又老愛惡作劇的妹妹……

也有點可愛——

「妳說的我懂！不是只有血緣才是兄弟姊妹間的聯繫……沒錯，就像宇宙奇蹟兄弟那樣！」

二原同學在絕妙的時機說出了莫名其妙的話。

「……什麼？宇宙奇蹟兄弟？」

「宇宙奇蹟兄弟，是宇宙守備團旗下宇宙奇蹟超人當中一群菁英的總稱，他們算是結義兄弟……但他們之間的情誼就像迸出火花的電漿一樣燦爛！閃亮的情誼，無論遇上什麼樣的危機都能轉變為奇蹟——他們就是這種最棒又最強的兄弟！」

「這個辣妹在說什麼？」

二原同學以御宅族特有的快嘴說了一大堆特攝的設定，而那由以狐疑的表情看著她。

結果那由忽然輕聲一笑。

「……好啦，現在我知道妳雖然看起來是個辣妹，骨子裡卻跟倉雅沒兩樣，而且也不會做反社會的事情……這些我懂了，真的。」

「我才不會好不好？小那妳這孩子也真誇張耶。」

二原同學說著哈哈大笑。

太好了……雖然搞不太清楚怎麼回事，不過那由和二原同學似乎把話說開了。

「……小遊！」

我正這麼想，就有人用甜美的聲音在耳邊輕聲細語，讓我全身起雞皮疙瘩。

回頭一看，只見結花靦腆地笑著，用手按著嘴。

然後她偷偷摸摸地輕聲說：

「……這四個月，謝謝你。以後也要請你多多關照……我最喜歡你了，小遊！」

看到她的笑容……讓我不爭氣地怦然心動。

就在這個時候——

「感覺佐方和結結氣氛很好嘛。我看我們兩個現在成了電燈泡？」

「嗯，那麼，哥，你們就這樣生孩子去吧。我們會出去晃個一小時左右。」

「不用出去！而且為什麼妳們在這一點上就這麼志同道合啦！」

雖然有過許多狀況……

我們的訂婚四個月紀念派對倒也喧喧嚷嚷的十分熱鬧。

……也多少覺得有些偏離派對的主旨啦。

不過——既然大家都能過得開心，就別計較了吧。

第4話 【衝擊】小舅子跑來玩，揭曉了驚人的事實

「心浮氣躁……心浮氣躁……」

「啊哈哈！我第一次看到有人用說的來表達自己的心浮氣躁～小遊你也太可愛啦～～」

抱歉，這輪不到結花說我。

畢竟這完全是結花傳染給我的。

「唉……太沒出息了吧？真的。只不過是要和女方家人見個面，就這麼毛躁……我都受不了了。」

那由一副沒轍的模樣大大攤開雙手，嘆了口氣。

「不，那由妳說得簡單，對訂婚的男方來說，這可是最令人緊張的事件啊。」

「不就是怕對方說些『我不會把女兒嫁給你這種只能愛二次元的男人！』……之類的話嗎？如果對方這樣說，哥，你要怎麼辦？」

「……我大概會說……我以為這婚事是你決定的……」

畢竟追根究柢，我和結花之所以會訂婚並同居──就是雙方的父親擅自把事情談成這樣的結

果啊。

『爸爸現在正面臨很關鍵的時期。公司要把爸爸派到海外新分部的重要職位，之後不是順勢走上出人頭地的道路，就是失勢淪為窗邊族。』

『在這樣的情形下，爸爸和老主顧那邊的高層熟了起來。聽說對方的千金從念高中起就去東京一個人住。他這做爸爸的，似乎有很多事要擔心，像是人身安全啦，會不會被壞男生騙啦。』

——光回想起我家老爸這番話，都覺得他只可能是瘋了。

可是……就是因為有過這種瘋了似的轉折，我和結花才能像這樣邂逅。

這樣一想……倒也不是不感謝我那胡鬧的老爸。

雖然有九成以上還是覺得他太胡鬧，簡直令人傻眼。

「距離哥死掉，就剩十分鐘了吧。」

我正沉浸在自己的思緒中，那由就一刀捅了過來。

「妳啊……別人正在試著讓自己心情平靜，妳為什麼偏要攪局……」

「我才不管。還有九分鐘。」

臭丫頭，給我記著。

「小遊，你不用那麼緊張啦。想也知道爸爸和媽媽都會很中意小遊的。」

結花看不下去，輕輕伸手過來握我的手。

接著——她深深吸一口氣。

「結奈會一～～直陪在你身邊！所～～以～～……我們一起歡笑吧？」

————這句話……

簡直是天使的耳語。

一聽到這句話，我心中的一切不安與焦慮都消失一空。

就像汙穢的大地得到淨化。

結奈真有一套……是世界的救世主啊。

「……好嗎？我也在，結奈也在，所以不用擔心！畢竟我……綿苗結花，和泉結奈，是小遊的未婚妻，又是小遊所愛的結奈的聲優，對不對？」

「謝謝妳，結花……我已經不要緊，鎮定下來了。」

「還剩兩分鐘。」

那由還在起鬨，但我已經不放在心上。

國三那年冬天。

我被來夢甩掉後，把自己關在家裡——當時我遇見了結奈，成了她的頭號粉絲「談戀愛的死神」。

這樣的我得到結奈的支持……怎麼可以示弱呢！

——叮咚～～♪

我們聊著聊著，門鈴終於響了。

我和結花站起來，到玄關接綿苗家的人。那由說來說去似乎也有些興趣，亦步亦趨地跟來。

我深深吸一口氣。

接著，等呼吸平靜下來……

我打開了玄關的門。

「——嗨，結花，最近過得好嗎？」

站在門口的是個身材修長的型男。

稍長的黑髮在腦後綁成一整束，大概是戴了有色隱形眼鏡，眼珠是藍色的。

白色襯衫外穿著像是執事會穿的黑色正裝，黑色領帶則以領帶夾固定住。

由於大大的眼睛和清秀的眉目都很像……大概錯不了。

這位就是結花的——「弟弟」。

「……勇海？咦？爸爸和媽媽呢？」

結花瞪大眼睛，對她稱作「勇海」的他問起。

結果他——若無其事地說：

「噢，那是騙妳的。」

「……什麼？」

「說爸爸和媽媽要過來的那件事……我想妳回想一下就會發現，他們倆沒有直接跟妳說到這件事吧？他們在家完全沒提過。」

「……嗯。然後呢？」

「說穿了，就是我想要有個跑來玩的藉口，不然妳——一定不肯見我吧？虧我不管什麼時候都很想妳呢。」

勇海說著把結花的下巴往上一抬，將臉湊近。

等一下、等一下！

就算是姊弟，這距離也未免太近——

「別……別……別鬧了～～！勇海是笨蛋～～～～～～！」

咚的一聲。

結花的拳頭直接打在勇海的心窩上。

勇海臉上仍掛著型男微笑，按住肚子，身子往前彎。

——就是這麼回事。

我與綿苗勇海第一次見面……狀況變得非常不得了。

◆

鬧完一陣。

我們四個人坐在餐桌旁，佐方家與綿苗家（兩家的爸媽都不在）的初次會面開始了。

我身旁坐著難得一臉安分的那由。

對面則是同樣難得顯得不高興的結花。

而結花身旁——坐著笑容很陽光的勇海。

「幸會，姊夫，結花平常承蒙你照顧了。我是綿苗勇海……國中三年級，還請多多指教。」

哇，有種閃亮的氣場……

國三就這麼鎮定、陽光，又型男。

我身邊太缺這樣的人種，讓我不由得被震懾住。

「啊，呃……我是佐方遊一，高二……請多指教。」

「……咿～～～」

坐在身旁的那由就像看到討厭的蟲子，發出小聲的尖叫。

「那由，妳這是怎樣啦？妳也要打招呼吧？」

「咿～～～……我是這個沒出息男的妹妹，佐方那由，是花樣年華的國中二年級生，還請多多指……咿～～～」

「妳在尖叫什麼啦？妳根本在鬧吧！」

「在鬧的是哥好嗎？剛剛的打招呼是怎樣？如果對方的招呼是光，哥的根本是水溝耶。」

「水溝？這種時候至少要說是暗吧！」

「不，連暗的領域都沒達到……以一個男人來說，完全輸慘了啊，真的。小結看慣了這樣的弟弟……再看到不成材到了極點的哥……我放棄了。比賽結束了吧。」

「……呵呵，姊夫和令妹感情很好呢。」

勇海看著我們進行這種沒營養的爭吵，露出苦笑。即使苦笑，型男仍是型男。

接著勇海面向結花。

「欸，結花，為了不輸給姊夫他們，我們也來展現我們感情有多好吧，讓我們兩家人之間更和睦。」

「……怎麼展現？」

結花就像進入臨戰態勢的貓，以狐疑的表情看了勇海一眼。

勇海對這樣的結花微笑，然後——手放到結花頭上。

「來～～摸摸頭。結花不管什麼時候都那麼可愛，好棒。」

「…………氣死我了～～！住手～～哇～～！」

結花呼喊的同時揮開勇海的手，瞪了他一眼。

「勇海每次都這樣把我當『妹妹』！明明我比較大，我才是姊姊！」

「是啊，結花是姊姊。嗯，好可愛好可愛。」

「我生氣了～～！」

這位姊姊，妳的言語功能關掉太多了，妳先冷靜。

「親姊弟真不是當假的，很會應付小結。而且是型男。而且是型男。」

「那由，妳為什麼說兩次？」

「小那……妳這就錯了！」

那由顯然在激我，而制止她的是結花。

接著結花喀噹一聲從椅子上站起，大大攤開雙手說：

「我認為型男的定義因人而異！就算有人說一個人好帥，看在別人眼裡卻覺得沒什麼大不了，這樣的情形也很常見！然後，要說我心中不動的型男是誰，那就是——沒錯，就是小遊！」

結花誇張地比手劃腳，說出不得了的話。

「首先，他的存在一切都很帥氣！長得高又體貼，讓人覺得這是什麼夢想小說的角色！卻還兼具可愛的感覺！他的睡臉根本是天使！不，也許反而應該說是迷得我神魂顛倒的小惡魔……？總之！他帥氣又可愛，把我最喜歡的點全都塞進去的超級無敵型男——就是小遊！」

「……小結，妳的喜好也太偏門了吧？」

那由完全受不了，但我能痛切體認到她的心情。

因為就連被這麼誇獎的我自己都覺得：「妳說的不是佐方遊一吧？」

這個人……大概是只有結花看得見的夢幻小遊。

「姊夫……你好厲害，竟然讓結花誇成這樣。」

不知道勇海是怎麼解釋，只見他很佩服地喃喃說著。

然後他用力握住我的手，很陽光地笑了笑說：

「謝謝你支持結花。像這樣直接見面，看到你和結花的關係……坦白說，讓我非常放心。」

「等一下！勇海，放開手～～！他是我的小遊～～！」

結花抓住勇海的手，讓他跟我分開。

我們都是男生，何必這麼吃醋呢？

「啊，姊夫，不好意思。說來很過意不去，不過可以借個毛巾嗎？我一路來到這裡，流了很多汗……」

「啊啊，畢竟今天相當熱啊。出去走廊上，旁邊的房間空著，你儘管用。」

「謝謝你。」

勇海很有禮貌地一鞠躬，就匆匆忙忙離開客廳。

我也跟在後面，到更衣間準備毛巾。

「小遊，我來拿，給我～～」

「啊，沒關係啦，我拿去就好了。」

「咦？不對不對，如果勇海開始脫衣服，那不就很糟糕嗎！我拿去啦！」

「咦？不不不，他如果脫衣服，妳過去才不妙吧？雖說是姊弟，畢竟都是年輕的異性。」

「咦，等等，小遊？你是不是誤會了什麼？勇海是——」

我送毛巾過去房間，結花在後頭鬧著。

做姊姊的看到國三男生換衣服實在不太妙吧？

換作我站在勇海的立場，也絕對會這麼想。

——所以呢……

我先敲敲門，然後打開勇海那間房間的門。

「…………啊。」

「…………咦？」

無法置信的光景讓我呆呆站在原地，連話都說不出來。

勇海脫下執事服，解開襯衫的鈕釦，而胸部……被黑色胸罩遮住。而且，尺寸還相當大。

「呀啊啊啊啊啊啊啊啊啊！」

結花在尖叫聲中一把將我推開。

劇烈的力道讓我整個人往前跌，順勢跌到了房間地板上。

「你們在吵什麼啊，哥……啥？你為什麼戴胸罩？太不妙了吧？」

那由聽見吵鬧聲後趕來，就跟我做出同樣的反應。

我趴在地板上，戰戰兢兢地對結花問：

「結花，抱歉。我說——可以跟妳問個清楚嗎？勇海……是妳弟弟沒錯吧？」

「弟弟？你是指我在網路廣播上說的『弟弟』？那是……嘻嘻嘻，那是指小遊。勇海……是我的妹妹！」

「啊哈哈，姊夫果然以為我是男生？對不起……其實我是專扮男裝的Cosplayer，所以我在外面都是這樣穿。我還以為結花早就跟你說過了……」

「……我沒說過嗎？」

我可沒聽說啊，真的。

「真是的。我就說妳這種少根筋的地方很像『妹妹』啊，結花。」

「唔～～……關於這點，對不起～～可是，請妳把我當姊姊看待～～～」

我一邊聽著她們兩人的對話，一邊慢慢從地上抬起頭。

結果……胸部完全沒遮掩的勇海——

帶著勾引人的笑容，身子往前彎——朝我強調她的乳溝。

「呀啊啊啊啊！勇海，妳做什麼啦～～！」

結花一邊尖叫一邊伸手過來遮我的眼睛。

好痛，好痛啊！眼睛會被壓爛，妳太用力了啦！

就在這種混沌的狀況下。

「呵呵。」綿苗勇海小聲笑了笑——隨即以鎮定的音色宣告：

「所以……要再次請你多多指教了，姊夫。我是結花的『妹妹』——綿苗勇海。」

第5話 【追擊】小姨子跑來過夜，發展成不得了的事態

鬧了一陣。

我們四個人在餐桌旁坐下，佐方家與綿苗家的會面，重開。

我身旁坐著一臉狐疑的那由。

對面坐著臉頰鼓得像河豚的結花。

而在結花身旁坐著她那個怎麼看都只像個型男的「妹妹」……綿苗勇海。

「……呃，小……勇？」

我先思索該怎麼稱呼她。

雖然比我矮，她的身高即使和男生站在一起也算是比較高的那一邊。

像模特兒一樣苗條的身材，讓一身黑色執事風的服裝穿在她身上顯得非常搭調。

稍長的黑髮在脖子處綁成一束，戴著藍色隱形眼鏡……所以感覺就像是會在女性向動畫裡出現的美少年角色。

「小勇……被家母以外的人這樣叫，感覺挺新鮮的呢。嚴格說來，我覺得還是叫阿勇比較貼

切。」

「啊，這樣啊……」

「是啊，除此之外，還有『勇海大人』、『小勇勇』、『達令』之類。」

「色色的那類？這女的真的不妙……」

那由，不要把我未婚妻的妹妹叫成「這女的」。

雖然覺得有種不妙的感覺這點……我也一樣。

「這才不會色色呢。只是，除了男裝Cosplayer的活動，我還在當地的『執事咖啡館』當頭牌執事……所以有很多狂熱的女性粉絲。」

「國中生做這種打工，可以嗎？」

「這不是打工喔。是老闆熱烈地挖角我，就讓我在店裡出席作為Cosplayer活動的一環。」

「真是的……這些不重要啦，小遊。你要是問太多，這孩子就會只顧著講自己有多受女生歡迎。」

「這是事實，有什麼辦法呢？結花要不要也進我的女生後宮？」

「我才不要。唉……這麼久沒見，勇海妳還是沒變啊。」

「結花妳倒是變了呢。」

勇海手肘撐在桌上，下巴放到自己的手背上，輕輕一笑。

「妳變漂亮了……非常漂亮。」

「……啥啊？」

這搭訕似的台詞是怎樣？

「……勇海，我可不是妳的顧客耶。妳胡鬧得太過分，我會生氣喔。」

「啊哈哈，抱歉。平常的習慣忍不住就冒出來──因為女生被我這樣一講，差不多都能手到擒來。」

「唉～～～～……勇海妳真的很麻煩耶。」

看到勇海始終一副型男態度，結花深深地嘆了一口氣。

那由交互看看她們兩人，想通了什麼似的微微點頭。

「也是啦。畢竟勇海和小結有點像。」

這丫頭若無其事就直呼人家名字！

我就不說了，妳可是比勇海還小耶！

「我……我哪裡像勇海了？我才不是她那種花花公子！」

「說花花公子也太失禮了吧……我只是因為單純存在，就會讓女生下意識地淪陷。這是大自

然運行的道理。」

「就是這個啊，這個！我根～～本就不是會說這種話的人！」

「可是小結……像妳不是也會演那個角色，或是當聲優？對吧，妳的粉絲會叫妳小字輩，或是某某公主……不是一樣嗎？」

「喂，那由。」

聽見這不能置若罔聞的發言，我拎起那由的頸子。

「不是那個角色……是結奈。妳也差不多該用名字叫她了。」

「好噁。」

那由用兩個字就把我正經的訓話一刀兩斷。

而在這樣的我們面前……結花無力地軟倒。

「我、我……和泉結奈……和勇海是同類？的確也有粉絲來信稱我『結奈公主』或是『甜心』……可……可是，我並沒有什麼想讓男性粉絲組成後宮這樣的願望……」

「啊啊，對了對了。我正式開始投入Cosplayer活動，是在結花搬出去住以後吧？所以這個都沒交給妳。」

勇海也不管結花在一旁糾結，從腰包拿出名片盒。

接著遞出一張名片。

「來，這就是我現在用的名義。順便說一下，上面印的是『羽毛球叔叔』的——」

「……等等！這是怎樣！」

結花大聲打斷勇海說話。

「妳的Cosplayer名——叫『和泉勇海』！妳為什麼擅自擅名『和泉』啦！」

「這……是因為不管離得多遠，我的心都想和妳同在啊。」

「笨～～蛋！」

我正覺得結花的罵聲太稚拙反而顯得可愛，緊接著她就站起來牽起我的手。

「結花，妳要去哪？」

「回房間！跟小遊一起！」

「一生氣就立刻躲回房間……這種地方都沒變，真令人莞爾呢，結花。」

「妳很囉唆耶！就叫妳不要把我當小孩子看待！」

「有什麼辦法呢？我從小就得連妳該懂事的份都扛起來……我就是這樣長大的。」

「氣～～死～～我～～了～～！」

綿苗姊妹之後也這樣爭吵了好一會。

看著她們這樣——該怎麼說呢？

想到結花在老家大概就是這個樣子……讓我覺得有點溫馨。

◆

「嗯………」

我腦袋昏昏沉沉，從被窩裡爬出來，坐起身。

放在被窩旁的鬧鐘指出現在是凌晨零點多。

「……好渴喔。」

我打了個小小的呵欠，慢慢起身。

鋪在稍遠處的另一床被上，可以看到穿著居家用連身裙的結花睡得十分香甜。

為了避免暴露我的七情六慾，我特意把兩床被鋪得有點距離。

但在深夜這樣看著她的臉，就覺得即使有距離，還是忍不住怦然心動。

「唔唔……小遊……喜翻……」

她口齒不清地說著夢話。

而且結花，妳可不可以不要連說夢話都是這種令人難為情的話？

「先去喝個水，冷靜冷靜吧……」

我腦袋都清醒了，走出房間，下了樓梯，盡快走向廚房。

因為今天——勇海睡在一樓，以前媽媽的房間。

「我跟東京的朋友約好，從週五就過去住……但在這之前我沒地方去。如果不會給你們添麻煩……」

正說著晚餐偶爾吃披薩也好，勇海就惶恐地這麼說。

「姊夫，說來很過意不去，能不能讓我住幾天？」

「那妳就週五再來，然後直接去住朋友家不就好了嘛，為何要特地在週一就跑來我們家？」

「因為我想盡可能——和結花妳多共度一些時光。」

「小遊！我們把這個胡鬧的妹妹趕出去吧！」

「好好好，知道了啦，結花。我道歉……對不起，讓妳不開心了。」

就這樣，勇海要在我們家住幾天，但——問題是房間。

「二樓不是有三個房間嗎？有我的房間、結花的房間，還有那由的房間。結花睡覺的時候都會來我房間，所以妳的房間借阿勇就好了吧？」

「咦～～……這有點不方便。因為只要我不在，這孩子就會亂翻別人的房間。」

「我不想承認，但這是事實。」

實在希望妳就算說謊也能說一句不會亂翻。

「那結花跟阿勇一起睡幾天——」

「不要！我會因為缺乏小遊成分死掉！」

「姊夫真不是蓋的，竟然讓結花這麼黏你。」

「……那我、結花和阿勇一起睡，這樣？」

「啥？太離譜，太胡鬧了。和小結以外的女生一起睡，根本是出軌。哥，你是想當那種開後宮泡妞遊戲主角的笨蛋嗎？」

那由以駭人的速度大肆發動毒舌攻勢。

搞不清楚她在發什麼火，不過她的表情很正經，這提議應該是要廢棄了……

「那麼，那由和阿勇一起睡？」

「不要。我就是不要。」

「要借用小那的房間，連我也覺得實在有點過意不去……」

結果——是請勇海用位於一樓的和室（以前媽媽的房間）。

這個嘛……直到我深夜來喝水之前，都沒想到會有這個情形。

我們第一次見面時她扮男裝，但她畢竟是女生——是結花的妹妹。

要是弄得太吵讓她聽見也很不好意思，所以趕快回房間吧。

「嗚嗚……嗚嗚嗚嗚……」

我正想著這樣的念頭，來到走廊上一看。

卻聽見勇海睡的房間裡傳來像是呻吟的聲音。

「結花～～～……嗚嗚～～～……」

這……是勇海的聲音，沒錯吧？

聲調和她白天那種裝模作樣的感覺相反——但聽聲質顯然就是勇海。

大概是對這落差感到震驚，我的腳踢到牆壁，發出了聲響。

「——！誰？」

「啊，沒有……抱歉，我是遊一。我口渴……」

「……姊夫。」

伴隨著楚楚可憐的說話聲，勇海待的和室房門慢慢開了。

「對不起……可以請你過來這邊嗎？」

我因為勇海的態度和白天相距甚遠而感到動搖。

但仍躊躇地走進房間。

「……嗯？」

一個女生在裡頭抱膝而坐。

解開的黑髮，長度和結花差不多。

眼睛當然不是藍色，甚至還戴著眼鏡。只是不至於像結花那樣連眼神都不一樣。

她穿著的睡衣胸前……該怎麼說呢，壓力好強烈。

白天我也想到，她扮男裝的時候是怎麼遮住這種尺寸的？

何況扣掉身高和胸部尺寸——

姊妹真不是當假的——她跟結花很像。

「嗚嗚嗚嗚……姊夫～～～……」

「呃，妳怎麼哭成這樣？跟白天的形象差太遠了吧！」

「那是……你也知道，我是在Cosplay……服裝就是我的『拘束具』。」

之前我也聽妳姊姊說過類似的台詞啊。

綿苗姊妹是受到了什麼在家裡和在外頭必須有落差的詛咒嗎？

「姊夫，我有個不情之請……請你收我為徒！」

「妳做什麼？」

毫無預兆的下跪磕頭。

這種情緒起伏的雲霄飛車感，讓我覺得她不愧是結花的妹妹。真的。

「呃……阿勇？」

「麻煩叫我『勇海』。因為我已經是姊夫的弟子了。」

「可以不要擅自決定嗎！」

這孩子的強勢也跟她姊姊一個樣啊。

「呃……那麼，勇海，妳平常是個扮型男的女生對吧？然後，身為Cosplayer也有知名度，在『執事咖啡館』也是人氣第一名。」

「是的，就是這樣。如果隨便找幾個男生和我比，我還比較受女生歡迎。」

「妳真是自信滿滿……所以？這麼受歡迎的勇海要在我身上尋求什麼？」

「……花……」

「什麼？」

「──我想讓結花！變得像以前那樣喜歡我！」

勇海以相當大的音量喊完，再度垂頭喪氣。

「……我也想和結花和睦相處。結花那麼可愛、體貼，我從小就真的好喜歡──這個好棒的姊姊。可是，不知道為什麼，最近她只要跟我說話就常常生氣……我覺得好寂寞。」

「呃，既然這樣，我覺得妳只要把結花當成『姊姊』敬愛，這樣去對待她就沒問題了吧？」

畢竟我怎麼看，結花生氣的點就是這個。

只要把結花當「姊姊」敬仰，事情就會當場解決。這煩惱就是這麼單純吧？

「……我辦不到。」

勇海卻以鄭重的表情看著我，伸手用力握住我的手。

她因淚水而濕潤的眼眸讓我強烈覺得有種在結花臉上看過的既視感……真的希望她別這樣。

「結花國中那時候的情形……你聽說了嗎？」

「……只聽過一點。」

結花被《愛站》破格提拔，當上聲優前不久。

她也和我一樣，有過一段拒絕上學的時期——這點她曾稍微提及。

我只聽她說到這裡。

如果結花想說就另當別論，但由我來查問……總覺得不太對。

「結花她抗拒上學的時候……我就決定我要變強。我決定要變牢靠——讓這個比誰都善良的姊姊再也不用受到傷害，於是我開始活成一個『型男』。」

抱歉，我搞不太清楚前段和後段的關連在哪。

「大概是因為這樣的人生觀深深滲進了骨髓……每次都是擔心結花的心情壓過一切，讓我不由自主地變成把她當小孩子看待的語氣……連我自己都不知道該怎麼改。明明我一直覺得——哪怕離得再遠，我的心都和結花同在。」

「勇海……」

看到勇海這種笨拙卻仍為姊姊著想的模樣——我覺得好像在她身上看見了結花的影子。

把珍視的對象放在比自己還優先的位子，有時會白費力氣，弄得自己精疲力盡。

這對姊妹的這種體貼真的是一模一樣啊。

就是因為這麼想——我才用力回握勇海的手。

「我明白了，勇海。我一定會幫妳……讓妳和結花的感情能再次好起來。」

「真的嗎！謝……謝謝姊夫！你好體貼——我非常能體會結花真心喜歡上你的這種心情！」

「哪……哪裡，這沒什麼——」

這瞬間——只聽見喀的一聲，房間的燈亮了。

接著，我的身後……傳來沉重的腳步聲。

「真心喜歡上……？勇……勇海，妳在對小遊……做什麼？」

「結……結花？妳……妳誤會了。我只是在聽勇海說她的煩惱……」

「你……你直呼她勇海？為什麼你們兩個會在深夜突然拉近距離，手還握得那麼緊？勇海，妳解釋清楚！」

「結花，妳冷靜點。」

勇海露出大膽的微笑。

以白天那種型男模式會有的調調。

然後她——

「我是在品鑑……能讓結花喜歡上的對象是個多麼迷人的公子。」

「…………開～～什～～麼～～玩～～笑～～～！」

結花以這段同居生活中我不曾聽過的音量吼她。

勇海對這樣的結花露出微笑，四兩撥千斤。

明明內心——正因為被結花罵而十分沮喪。

「我跟妳說清楚，小遊是我的小遊！絕～～對不准妳再沾惹他！知道了嗎？勇海！」

「啊啊……結花，妳生氣的臉也很可愛喔。」

「夠了！妳根本一點都沒搞懂嘛～～！」

……連我自己都在反省，剛才答應得太輕率了。

要讓這對有著天大誤會的姊妹重修舊好——多半相當棘手。

第6話 【從出生】說說小時候的回憶吧【到現在】

「遊哥。」

「……怎麼了，勇海？」

聽得見身後「呀～呀～～」的漫天尖叫聲。

也是啦，這麼一間距離車站挺遠的咖啡館——跑來一個有著偶像級美貌，很陽光，長得又高的型男，是會這樣吧。

只是這孩子——貨真價實是個女生。

穿起黑色執事服很好看的男裝麗人——這就是綿苗勇海，我未來的小姨子。

「我記取昨晚的教訓……所以想找個結花不在的地方談談。要怎麼做才能和結花變成一對很要好的姊妹……還請傳授我訣竅，遊哥！」

「首先，妳叫我遊哥是怎樣？」

「我想盡量接近結花的心情，所以就從『小遊』這個稱呼得到啟發，想出了這個稱呼！還有第二方案是『小遊哥』就是了。」

「嗯，還是叫遊哥就好了……」

妳用這麼清澈的眼神（佩戴藍色隱形眼鏡）盯著我看也沒用。

「而且我總覺得，只要妳用這種態度敬愛結花，一切就都解決了啊，真的。」

「如果做得到，就不用這麼辛苦了……！」

勇海咬緊嘴唇，懊惱地喃喃說著。

「說來真是諷刺……我盼望自己變強，強得能夠保護結花，結果卻是被結花疏遠——」

「不好意思……這是本店招待的聖代♪」

年輕的女性店員完全不會察言觀色地在這個時間點對勇海送上聖代，而且我們明明沒點。

勇海對這樣的店員微微一笑。

「是喔？這間店的招待可相當不得了呢。」

「因為我們想讓客人開心～～♪來，請用聖代——」

「不是的。我不是說聖代。」

「咦？」

「我是說……像妳這樣的美女露出這麼迷人的笑容，這樣的招待……實在太美妙了。」

「呀啊啊啊啊啊啊啊♪」

這是什麼鬧劇？

勇海朝啞口無言的我瞥了一眼，深深嘆了口氣。

「我明明希望變強的我說出的這種話也能讓結花聽了開心……」

「妳一再說自己變強了，可是勇海，我看妳根本只是變輕浮吧！」

妳到底是在胡鬧，還是真的在煩惱？

做姊夫的已經沒辦法判斷了。

「……啊，對了，勇海，結花拒絕上學……是什麼時候的事情？」

「咦？是從她國二那年的冬天開始的吧……我就是那陣子誓言要——」

「那麼在那之前！像是結花國一，還有國小的時候！妳是怎麼對待她的？」

「結花國小的時候嗎……我和結花那時候的形象就挺不一樣了呢。」

果然是這樣啊，就像俗話說「人都有歷史」。

我自己也一樣。

一直到國三，我還誤以為自己是「御宅族卻又是開朗角色」這種得天獨厚的人種，得意忘形地以為聊御宅族話題幫大家炒熱氣氛，不分男女都聊得一頭熱。

而我相信一定會成功，於是對當時喜歡的對象——野野花來夢表白。

然後粉身碎骨。消息傳遍全班，訕笑有如狂風暴雨。

接著，經過一段抗拒上學的時期——我變了。

我遇見二次元的女神結奈，成了誓言再也不和三次元女生談戀愛的──「談戀愛的死神」。

如果就像這樣……結花與勇海也有著和現在不一樣的「過去」。

我認為……打破僵局的關鍵多半就在這段過去當中。

「那麼，我想就由我拿出綿苗家的相簿來給姊夫看吧。」

勇海打開自己的行李箱，從裡頭拿出四本厚重的相簿。

結花露出尷尬的表情問勇海：

「勇海，妳……從一開始就是打算拿相簿給小遊看才帶來的？」

「嗯？不是啦。是因為我想到在旅途中遇到傷心、難過的時候──會想看看結花可愛的照片來得到療癒。」

「……嗯，要吐槽的地方我就先不管。那麼勇海──妳愛什麼時候看都可以儘管看個夠，我們先把相簿收起來吧？」

「現在就是我想看的時候耶。」

「好～～我明白了！妳就找個大家看不到的地方，一個人看吧！」

結花字字句句都強烈散發出「別給他看」的氣場。

可是，如果相簿作戰在這個階段就宣告挫敗，那就沒戲唱了，所以……

「啊～～我也好想看看結花以前的照片啊～～妳也知道，人當然都會好奇未婚妻小時候是什麼樣子嘛！」

「我也想看。小小的小結，絕對很可愛。」

想必只是真的很想看的那由也送來了支援砲火。

於是，在我和那由的請求下，結花的反應是……

「只……只能看一點點喔。還有勇海！裡面應該沒有什麼奇怪的照片吧？妳可要先把那些抽掉才給他們看喔。」

「妳要相信我啊，結花。」

勇海對多少被說服的結花回答得若無其事。

然後——她慢慢翻開厚重相簿的一頁。

「首先是這個，大概還不滿周歲吧？和爸爸一起泡澡的裸體結——」

「勇海～～～～～～～～！」

結花以驚人的勢頭一把搶過相簿，毫不留情地用邊角往勇海的額頭砸去！

這下就連平常總是裝得老神在在的勇海也皺起了眉頭。

「結……結花……不可以用邊角砸吧。真的會死人……」

「妳從第一張就給我搞花樣是吧……竟敢把我見不得人的照片拿給小遊看！畢……畢竟……我可還沒讓小遊看過我的裸體啊！」

「不，小結，穿學校泳裝一起洗澡比幼兒裸體更猥褻吧。」

「穿學校泳裝洗澡？這到底是什麼情境下的Cosplay？」

「嗚呀～～！我受夠了～～我死給你們看～～！」

結花太過羞恥，一發不可收拾。

我先朝一旁的那由頭上狠狠拍一下再說。

——重來。

「那麼，首先是這張……是我出生的時候吧。在旁邊比勝利手勢的是兩歲的結花。」

嬰兒勇海在哭，結花則在一旁滿面笑容地比出勝利手勢。

照片中的她綁著雙馬尾，感覺有點像結奈，讓我忍不住笑出來。

「接下來是這張。我們兩個都還沒上國小，應該是在附近公園玩的時候吧。」

「小結一個人拿著塑膠球棒在笑，會不會太可怕？」

「這個時候我記得……結花拿著球棒當成魔法少女的魔杖揮來揮去，打到附近的長椅，最後還打到我……」

「小結會不會太頑皮？真的笑死。」

「別～～說～～啦～～！打到妳這件事我道歉，別～～再～～說～～我的黑歷史啦！」

結花發出哀號。

但勇海冷靜地繼續翻相簿。

「這是小二的時候吧。拿著像是變身羅盤那類玩具的，就是結花。」

「是喔，原來結花以前也喜歡這些東西啊？」

「嗯，嗯……算是吧，嘻嘻嘻。」

「順便說一下，這羅盤本來是我的生日禮物。我收到幾分鐘後，卻是結花更迷這個東西，結果就變成像是結花的——」

「小結也太頑皮了吧。真的笑死。」

「別～～說～～了～～！我會去查網路上有沒有得買，別～～說～～了～～！」

結花發出哀號。

但勇海冷靜地翻著相簿——

「……等一下，勇海，我們要不要先緩一緩？」

「咦，遊哥，這是為什麼？接下來還多得是結花可愛的照片呢。」

這妹子已經忘了我們本來要這麼做的主旨吧。

透過相簿讓結花想起以前溫馨的小插曲，改善姊妹的感情——明明這才是相簿作戰的目的。

妳看看結花，她已經抱著頭，被絕望徹底打垮了吧？

這樣下去不妙——這個時候，我得支持她才行。

「我看了很多不一樣的照片，形象跟現在不一樣啊。結花小時候是個什麼樣的孩子？」

「咦……嗯～～該怎麼說呢～～……我想想……」

聽我問得突然，結花開始正經地苦思。

然後她朝勇海臉上瞥了一眼——開始述說：

「別看我現在這樣，我……小時候很頑皮，就是那種『我才是第一！』的感覺，有什麼事情想做就會一直吵著要做，到頭來都是家人讓步。」

「搶電視頻道也一定是結花贏呢。」

「……我很慚愧，是的。」

「可是，這樣的結花——幫了我滿多的，因為小時候的我很內向。」

【姊】頑皮　↓　在學校樸素、沉默、面無表情

【妹】內向　↓　型男男裝Cosplayer

這對姊妹改造前與改造後的變化還真劇烈……

「本來很被動的我被結花拖著去體驗了各式各樣的事情。我們會兩個人一起去附近探險，也會一起看動畫……還有，對了，結花也常常唸書給我聽吧？」

「……是啊，唸過。妳喜歡書這點，從小就沒變過。」

勇海翻過相簿。

那是勇海讀國小時的照片嗎？

季節大概是夏天，兩人都穿著輕便的吊帶背心配五分褲，趴在被子上看一本書。

結花眼神發亮，張大嘴，似乎在唸出書的內容。

勇海則以正經的眼神注視著書。

「啊！好懷念喔，勇海！」

「嗯。當時我好喜歡結花唸書給我聽。」

結花和勇海看著照片，談話的氣氛變得很好。

「只要結花一唸，就讓人宛如置身在書中的世界——我到現在都還記得當時有這種感覺。畢

竟從這時候開始，結花的聲音就很好聽，很擅長投入感情唸書中的故事。」

「……說來是很難為情，不過謝謝妳，勇海。是啊……當時就常有人誇我聲音好聽，尤其是勇海。沒錯，我想就是因為這樣——我才會立志當聲優。」

「所以是拜我所賜？」

「不要得意忘形啦，真是的。不過……我覺得多少是拜勇海所賜。」

結花說著，靦腆地笑了。

看到這樣的結花，勇海大概也開心起來了吧。

明明不用繼續……她卻繼續翻動相簿，得意地開始說起。

「要說當聲優的契機，這張小六時的照片也是吧。結花，妳還記得嗎？」

上面拍到的結花穿著有荷葉邊的可愛連身裙。

只是……臉上可就不得了。

因為化了奇怪的妝。

「結花說要模仿偶像明星，擅自用了媽媽的化妝品。妳就頂著這張額頭上抹了一大把腮紅，口紅都塗到人中的臉——唱當時的偶像歌曲吧。哎呀，妳從那時候就有可以上電視的美聲……」

結花的表情漸漸趨近「無」……但勇海說得起勁，根本沒發現。

然後，很小聲地……

結花詛咒似的——喃喃說道：

「……我討厭勇海。」

於是，當天晚上。

我聽勇海哭哭啼啼地抱怨個沒完沒了——自是不在話下。

第7話　我和未婚妻試著在家重現學校的情形

「…………嗯？怎麼已經快十一點了？」

當我揉著惺忪睡眼爬出被窩，時間已經挺晚了。

大概是下意識按掉鬧鐘吧，我甚至不記得鬧鐘響過。

往身旁一看，結花的被子已經折好。

「雖然是假日，還是睡過頭了啊……」

我自言自語——心想一定是精神勞累造成的。

被勇海這個太勁爆的小姨子牽著走。

又被那由這個任性到沒救的親妹妹辱罵。

精神疲勞不發作才怪。

可是——今天是久違的勇海與那由都不在的日子。

勇海說是去秋葉原玩，傍晚過後才會回來。

那由說「要去連看幾部想看的電影」，所以同樣照計畫傍晚過後才會回家。雖然電影票錢還是跟我討的就是了。

所以呢，只要去客廳，應該就會只有結花一個人。

最近家裡一直都很忙，很久沒有像這樣兩個人獨處了。

我一邊這麼想一邊慢慢——打開客廳的門。

「早啊，結花。」

「……我覺得已經是道午安的時間了。」

沒想到結花的話會這麼冰冷，讓我不由得當場定格。

結果在餐桌旁啜飲咖啡的結花慢慢抬起頭。

「雖然現在是暑假，也太懶散了。」

「呃，我承認睡過頭……但可以讓我整理一下腦袋嗎？」

早上醒來，未婚妻對我的態度就非常冷淡。

而且身上穿的衣服和平常不一樣。

黑色長髮綁成馬尾，戴著細框眼鏡。

還穿著學校指定的制服。

「——呃，這完全是學校版結花吧？為什麼待在家裡卻換成了學校款？」

「不為什麼。」

「不對不對！的確，在學校的結花是很像會這麼說啦！但我是認真在問問題！」

「……真沒辦法。」

結花輕輕嘆了口氣，慢慢拿下眼鏡。

然後以眼尾下垂的眼睛看著我。

「呀喝～～小遊！」

「結花，妳的身體構造是不拿下眼鏡就不能正常說話嗎？」

「細節不重要啦！嘻嘻嘻～～好久沒有兩個人獨處了～～！」

結花笑得天真的模樣，的確和平常一樣，可是……

畢竟她穿著的是學校制服，又綁著在校款的馬尾。

這讓我只有和學校裡那個古板的結花幽會的感覺——悖德感非同小可。

「小遊～～小遊，小遊，小～～遊～～！」

「既然要用這種普通的調調相處，就別穿制服了吧，結花？」

「……這不行。」

結果她俐落地戴上眼鏡。

接著用眼尾變上揚的眼睛面無表情地看著我。

「這是練習。」

「練習？練習什麼？」

「……返校日那時，我腦子一團亂，對二原同學做出冷淡的對應。但對佐方同學，坦白說──放假沒收心，好幾次都弄得好險。」

「好險？什麼好險？」

「……大概有五次，差點叫出『小遊』，還有『喜歡你～～！』也有兩次差點說出口，還以為要死了。」

這可真的很危險。

一旦做出這種事，消息馬上就會傳遍全班，讓我們沒完沒了地淪為同學們竊竊私語的題材。

說得保守點，是地獄。

「所以我才要練習，為了找回在學校的距離感。」

「妳想說的話我明白了，可是……我們要做什麼？」

「模擬演練。演練我們兩個在學校的情形。」

「說穿了就是我和結──和綿苗同學，要想著在學校的情形來行動的練習，是嗎？」

「是啊。」

即使聽了說明，悖德感還是很強烈耶。

我決定先在結花對面坐下再說──

「等一下，佐方同學。」

結花面無表情地制止我。

接著俐落地把眼鏡一摘……

「真是的，這樣練習沒有效果吧？我都穿上了制服，請小遊也去換上制服～～要重現情境，就要先從穿著做起！」

「……這根本是Cosplay吧？真正字面意思上的Cosplay。」

「才～～不～～是～～這是為了盡可能提升重現度，練習在學校的應對～～」

隨著她的頭用力搖動，馬尾也左右甩動。

這種互動讓人眼睛不知道該往哪兒看……

我無可奈何，於是準備回自己房間去換制服。

「還……還有，小遊……等你換好衣服，有一件事要拜託你……」

「嗯？拜託我？什麼事？」

回頭一看，拿下眼鏡的學校版結花忸忸怩怩地雙手食指互搓，窺探我臉色似的看著我。

接著紅著臉說：

「呃……你坐在我正對面，我會覺得：『呀～～小遊好帥～～！』整個腦袋裡都只剩下喜歡，所以……坐在我斜對面好嗎？」

——照這樣子，真的能夠模擬在學校的應對嗎？

嗯，雖然也不確定……我有不好的預感。

◆

於是當我換上制服，回到客廳。

我在結花的斜對面就坐。

「午安，綿苗同學。」

「……嗯，午安，佐方同學。」

結花只朝我瞥了一眼，視線又落到餐桌上。

放在桌上的是學校的筆記……等等，這不是吧！

我之前也看過這個……是結花用來筆記自己廚藝的《結花的祕密食譜☆》！

結花在這樣的食譜上寫字。

我忍不住好奇，悄悄湊過去看《結花的祕密食譜☆》。

☆結花特製♡薑燒豬肉　～佐以愛情～☆

①把高麗菜咚咚咚地切絲！

②在豬肉上灑低筋麵粉！註：要好好檢查，確定不是太白粉！

③把磨好的薑泥（兩大匙）、醬油（兩大匙）、料理酒（一大匙）、糖（一大匙）調合，
做成醬汁。

④把豬肉放到淋上麻油的平底鍋，炒到金黃，加進醬汁！

■重點　用中火炒到全部入味■

⑤裝盤。薑燒豬肉完成！

⑥～只佐以愛情～

「這是哪門子的重現學校？要佐以愛情也不是現在吧！」

「……安靜點，佐方同學。還有，擅自看別人的筆記……跟偷窺一樣。」

上課（設定上）中在寫「結花特製♡薑燒豬肉　～佐以愛情～」食譜的人，好意思說這什麼話啊？

這已經不是模擬演練，是綿苗結花的絕對不准笑單元了吧……

「佐方同學，你為什麼好像忍得很難受？」

「沒什麼……綿苗同學。」

「是嗎？那就好。」

結花面無表情地這麼一說，迅速拿下眼鏡。

然後深深吸氣。

「噹──噹──噹──噹──午餐時間到了！」

接著立刻又戴上眼鏡。

「……哎呀，已經十二點啦？午餐時間到了呢，佐方同學。」

「結花，妳是在演搞笑短劇？」

「可以不要叫得這麼親熱嗎？小遊……佐方同學。」

結花差點被帶偏，但還是勉強忍下來。

她迅速移動到廚房。

接著把圍裙圍在制服上，就面不改色地開始準備下廚。

「佐方同學，你忘了帶便當嗎……唉，沒辦法。我上烹飪實習課，就順便做一份給你吧。」

「等等，這是什麼世界觀？設定會不會太寬鬆？」

「我要做薑燒豬肉……不要抱怨。」

「原來食譜是在埋這個伏筆嗎！」

雖然情境已經整個瓦解，一點學校的感覺都沒有——

綁馬尾、戴眼鏡的學校款結花始終以平淡的態度下廚。

——綿苗結花在學校制服上圍著圍裙，在只有兩人獨處的家裡下廚。

我們都同居四個月了，扣掉穿著打扮不算，這風景本來一如往常。

但由於穿著制服，就會有種在做非常不可告人的事情這樣的感覺……

想著想著，結花已經把平底鍋上的薑燒豬肉裝盤。

然後閉上眼睛——左手伸向盤子前面。

「……」

她在佐以愛情……

整體來說怎麼看都只像在胡鬧，但我這個未婚妻——就是會正經地做這種事。

「好了，佐方同學，可以吃了，要吃嗎？」

「啊，嗯。謝謝妳，綿苗同學……我開動了。」

於是我們兩個人再度回餐桌旁，呈對角線就座。

我和結花開始吃「結花特製♡薑燒豬肉　～佐以愛情～」。

這終究只是想像在學校吃午餐的情境。

「………………」

「……怎麼樣呢，佐方同學？」

「嗯？很好吃啊。綿苗同學廚藝真好。」

「也還好。」

「………………」

「……佐方同學，肉會不會太硬？」

「嗯？很嫩喔。綿苗同學經常做薑燒豬肉嗎？」

「也還好。」

「………………」

「………………………哇～～！」

結花唐突地大喊，接著拿下眼鏡，解下髮圈，鬆開了馬尾。

雖然服裝還是制服，脖子以上則是平常真實的結花。

這打扮也讓我有種不該看的感覺……

「還是結束吧！模擬演練結束！」

「怎麼這麼突然……而且，我覺得設定從滿早以前就扯不下去了。」

「唔～～……畢竟我難得跟小遊兩個人吃飯耶，卻不能正常說話……那不是太可惜了嗎？」

她甩動一頭烏黑亮麗的長髮。

拿下眼鏡的下垂眼結花由下往上看著我——並且紅了臉。

服裝是學校指定的夏季制服。

感覺就像那種酸酸甜甜的青春劇，讓我不由得怦然心動——

「……這是什麼play？大白天的，也太會發情了吧？」

「小那，這也是Cosplay的精髓啊。Cosplay不是只有大眾所想的那種淫靡玩法，透過重現情境，讓扮演者和觀眾都能享受其中的樂趣——我認為這種和戲劇相通的地方，也是Cosplay的魅力之一。」

不知道什麼時候已經打開的門外傳來冷靜的講評聲——讓我受到雙重驚嚇。

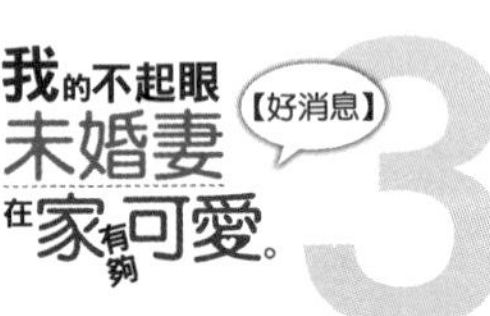

站在走廊上的是我的妹妹——佐方那由。

以及結花那扮男裝的妹妹——綿苗勇海。

我朝時鐘猛一看，時間還不到下午三點。妳們會不會太早回來了？

「我有問題要問。夫妻從大白天就穿制服打情罵俏，屬於和戲劇相通的那類Cosplay？」

「啊哈哈……坦白說，這就只是play吧！」

「嗚呀啊啊啊啊啊！」

在那由與勇海的言語攻擊下，結花尖叫著鑽到桌子底下。

然後以小得幾乎聽不見的聲音說：

「結花～～不在這裡～～你們剛剛看到的～～是VR結花～～」

「太牽強了吧！VR結奈也就算了，哪來的VR結花！」

「不用躲啦，我們會消失。你們就繼續到生出小孩為止吧。真的。」

「遊哥真有一套，牢牢抓住了結花的心呢！結花，妳要讓遊哥好好引領妳喔，小心不要做出孩子氣的舉——」

「嗚～～！我道歉，大家……算我求你們，先出去啦～～！」

到了晚餐時間。

四個人一起圍著餐桌坐下時，結花戴上了之前變裝用的帽子，而且壓得很低，為的是遮住八成通紅的臉。

順便說一下，晚餐的菜色——是中午吃剩的薑燒豬肉。

第8話　我的妹妹，生人勿近也要有個限度

「嗚嗚……遊哥，為什麼我每次都被結花罵呢？」

「呃……我反而要問妳，妳為什麼覺得不會被罵？」

由結花製作，佐方遊一與綿苗結花主演的學校情境推演……之後。

結花因為太難為情，戴帽子而且壓得很低，默默吃著晚餐。

那個時候——勇海多嘴了一句：

「結花，可以拿下帽子嗎？妳害羞的可愛表情……能為晚餐點綴色彩，是很迷人的甜點。」

之後她就被罵得狗血淋頭。

勇海那樣被結花痛罵——結果就是勇海現在深夜躲在房間裡啜泣。

這孩子也差不多該客觀地看看自己的言行了。

「我就只是想鼓勵沮喪的結花……想和她一起開心吃飯。我明明只是這樣想……！」

「那妳直說就好了啊。我覺得妳就是因為硬要拐彎抹角，用那種像在搭訕的口氣，才會被罵啊。」

「就說我辦不到了……我擔心結花，擔心成習慣，所以就會忍不住把她當小孩子看待。而且我又在從事Cosplay活動還有女扮男裝咖啡館，這種說話方式已經改不掉了。我完全不知道該怎麼改！」

我這個小姨子走歪的方式非比尋常，讓我有點不知道該怎麼給她建議。

相簿作戰那時候也是，她想強調結花可愛，這種心情我懂，但就結果而言，她推薦的盡是結花黑歷史的照片，所以又被罵了。

勇海的感覺有著致命的偏差。

這是怎麼回事呢？結花也是這樣……也許這兩姊妹都少根筋。

「遊哥！」

剛聽到勇海唐突地加大音量，緊接著她用力握住我的手。

然後一對與結花一模一樣的大眼睛水汪汪地看著我。

「拜託遊哥，我想請結花愛得不得了的遊哥……教導我。」

「這我是懂了……不過妳先放手吧？上次才因為這種情形被結花看到，就被她罵了吧？」

「要我做什麼來答謝你都可以！」

「就叫妳不要講這種不能聽的話！要是這種時候被結花聽到——」

我一句話正說到這裡。

門就砰的一聲被用力打開。

而在門口狠狠瞪著我的——是那由。

「你們說的我都聽見了……我去叫小結來。」

「慢著慢著，那由，妳先冷靜，有話好說。」

但那由不理會我的制止，乒乒乓乓地跑上二樓。

接著……那由帶著似乎是被她硬拖下床，揉著睡眼的結花出現。

「唔唔……什麼啊？小那？我腦袋還昏昏的……」

「小結，妳看他們兩個。案發現場在寢室。」

我還來不及插嘴，那由就不給人喘息機會似的說個不停。

接著那由——說出了不得了的事情。

「妹妹看見了！看見哥……夜襲勇海的房間。」

「嗯……嗯嗯？夜……夜襲？」

結花似乎一口氣清醒過來，眼睛猛然睜大。

那由在一旁露出得意的表情。

「等等，小遊，這是怎麼回事！」

「這是我要說的話好嗎！那由，妳打什麼主意！」

「我只是說出事實。」

「哪是事實！」

「啥？你在開玩笑吧？我都聽得清清楚楚。『請像你愛結花那樣，教導我』『那麼，妳先放開手，在這種情形……』『要我做什麼都可以』——你們這些猥褻的談話，我都聽到了！」

「妳不要胡亂解釋聽都沒聽清楚的話啦！這根本是謠言好嗎！」

「唔哇……還找藉口，好糟。不但想對未婚妻的妹妹下手，還把罪過推給親妹妹。這是侵害妹權啊，真的。」

為什麼我們家有「妹妹」這個身分的人，一個個都這麼難搞呢……

「小遊……這樣太過分了。」

於是，結花聽信了那由的妄語，帶著沮喪的表情這麼說。

「與其對勇海下手——來……來夜襲我不就好了嘛！我也……要……要我做什麼都行啊！」

「結花，妳知道妳說的話有多不得了嗎！」

「我懂了……果然是胸部吧。因為勇海雖然扮男裝的時候會遮起來，其實是巨乳——你是看上了巨乳吧！」

「抱歉。講到這種地步，我都快要討厭起大胸部了……真的。」

「呵呵……結花總是這樣太武斷呢。」

就在事態如此鬧大的情勢下。

絕對會多嘴亂講的傢伙插嘴了。

她有著和結花差不多長的黑髮。

是戴著眼鏡，身穿睡衣，面孔跟結花很像的小姨子——綿苗勇海。

「結花，妳不要誤會。我的確是很仰慕遊哥沒錯，可是那是因為遊哥——非常愛妳。他願意支持總是令人擔心的結花，說什麼我對這麼重要的姊夫下手……這麼愚蠢的事情，我怎麼可能做呢？」

「什麼總是令人擔心，很失禮耶！我可是姊姊耶！」

「是啊。只要像這樣照邏輯思考，這個事件的主謀是誰——再清楚不過了。」

勇海無視結花的主張。

露出剽悍的微笑，看了那由一眼。

那由瞪著這樣的勇海。

「……怎樣？所以妳是要推給我？」

「我不會怪妳喔。因為我能夠體會妳的心情，妳最寶貝的哥哥要被搶走了……才會吃醋吧，小那？」

「啥……啥啊！別開玩笑了！不可能，真的不可能！我為了這種沒出息的哥哥吃醋？太離譜了！」

「呵呵，像這樣急著辯解的表情也很可愛呢。要不要我摸摸妳的頭？」

「……煩。這個裝典型暖男的笨蛋。」

裝典型暖男的笨蛋。

這句話似乎深深刺傷了勇海——

「……對不起，可以請妳更正這句話嗎？我好歹在男裝Cosplayer圈子裡是知名人物，在『執事咖啡館』更是頭牌執事喔。如果只是典型，應該升不上這樣的地位吧？」

「所以呢？被妳釣上的女生都是些沒有眼光的可憐蟲吧？在我看來，根本是個裝暖男的悶騷女。就只是因為有跟班才得意忘形，國王的新衣感強得不是蓋的。真的。」

「……這我可不能當作沒聽見。」

兩個妹妹互瞪，激盪出火花。

──就這樣。

親妹妹與小姨子之間的「妹妹戰爭」開打了。

◆

隔天早上。

妹妹們的爭吵讓我很晚睡，搞得睡醒時已經十點多了。

我頂著昏沉的腦袋下樓梯，走向客廳。

「早……」

當我走進客廳的門，眼前已經是「異世界」。

「呼啊～～……小那，好可愛～～～～……」

「……喵。那由是嫂子的小喵。」

「…………」

結花坐在沙發上，表情寵溺到了極點。

而在這樣的結花腿上躺得整個人攤開的，就是戴著貓耳的那由。

看著這樣的光景，臉頰頻頻抽搐的則是勇海。

…………我完全想不通是要怎樣才會變成這樣的狀態。

貓耳多半是之前結花弄Cosplay秀的時候準備的。

「……小那，妳是不是該讓開了？我想結花也會累。」

「呿！」

「我沒事！因為小那竟然會這樣跟我撒嬌……嘻嘻，我只覺得有夠可愛嘛！」

「喵！」

還喵咧。

我只認識平常那個壞脾氣的那由，所以看著這景象，比起可愛云云，我反而先覺得害怕。雖然結花對她可就超寵溺了。

「我是嫂子的小喵那由啊。」

「呀～～！好可愛～～！」

「妳啊，知不知道自己在做多難為情的事？」

「呿！沒有扮男裝收一堆女生來裝名人的傢伙那麼難為情。煩。」

「嗚……唔唔……既然這樣！」

勇海因為結花被搶走的打擊而連連發抖——衝出了客廳。

於是等她再回來時。

「那我就來當遊哥的狗狗吧?」

勇海睡醒後還沒扮男裝，臉孔和戴著眼鏡的結花一模一樣。

她頭上戴著狗耳朵，脖子戴上有刺的項圈，屁股上戴著尾巴。

然後用水汪汪的眼睛凝視我。

「怎麼樣，遊哥?」

「這讓人笑不出來，希望妳馬上停止。」

「我當Cosplayer可不是白當的。這和小那馬虎的貓耳不一樣……我是真正變成了狗狗。我是遊哥的寵物……嗚～～汪汪♪」

勇海說著莫名其妙的話，整個人撲過來抱我。

豐滿的胸部形成的壓力透過手臂對我的腦造成損傷。

啊啊……這是會讓大腦死掉的招……

「好嗯。妳攏絡哥做什麼?是小結被搶走，所以要洩憤?」

「我們是一家人，和姊夫和睦相處是當然的吧?還是小那……妳真的是因為遊哥被搶走才嫉妒?小那好可愛喔。」

「我才沒有。嫉妒的是妳吧。」

「不，嫉妒的是小那。」

貓耳那由，和扮狗狗扮得很寫實的勇海，開始了毫無意義的爭論。

我除了傻眼以外，沒有別的感想。

「…………勇海。」

這個時候。

結花把那由從腿上放下，迅速起身。

然後面無表情地走向抱住我手臂的勇海。

啊，這情形……結花是真的對勇海生氣了吧？

「勇海，這下妳該還的總要還了吧。讓小結好好罵個夠吧。」

那由盤腿坐在沙發上，賊笑著激勇海。

妳個性真的很差耶……

勇海似乎也終於覺得不妙，猛然放開我。

而當結花走到勇海身前——

——她用力一抱。

緊緊抱住了勇海。

「咦，結……結花……？」

「妳纏上小遊讓我很火大……但要怪就該怪我，是我先只顧著疼小那吧。對不起，勇海，小那很可愛也是事實沒錯，可是……勇海也是我可愛的妹妹，這點一直都沒變。」

「………結花。」

勇海開口想說話，但什麼話也沒說，就這麼回抱結花。

嗯，這才是對的。

因為妳一說話，就連沒有火種的地方都難保不會爆炸。

「……呿！妳們氣氛可真好啊～～呿！」

那由雙手放在腦後，沒趣地起身，就要離開客廳。

我把手伸到那由的肩上。

「……怎麼，哥，想也知道你要對我訓話吧？我又不想聽。」

「不是啦。不是這樣……呃。」

我看著噘嘴的那由。

儘管有些躊躇，我還是…………

輕輕摸了摸那由的頭。

「啥？」

那由震驚地睜大眼睛。

我把目光從那由身上撇開，小聲說：

「沒有啦……我是聽了結花那樣說，就覺得說來說去我也一樣，最近我跟勇海說話不就比跟妳說話還多嗎？雖然妳每次都不把我當一回事，我就覺得大概也沒關係……不過，說不定妳討厭這樣，所以我覺得……對不起妳。」

「…………哥。」

我這麼說完，摸著她的頭。

她就難得靜靜地低下頭——

然後在我腳背上用力一踩！

「好痛！妳用全力踩也太過……」

「還不是因為哥你做奇怪的事情！你白痴嗎？就說我不曾在意這種事情了！別得寸進尺！我說真的！」

那由臉紅到我不曾見過的地步，往我胸口連連揮拳。有夠痛。

——有過這樣的轉折。

「來，勇海，妳是不是該對小那說些什麼？」

「……對不起喔，小那。」

「來，那由，妳也一樣。」

「……不好意思啦，勇海。」

在結花與我的催促下，「妹妹戰爭」暫時告一段落。

但願這兩個妹妹之間，今後可以處得好一點……

「小那，妳果然喜歡遊哥呢。如果妳可以再坦率一點，就會很可愛了。」

「好噁，別用這種口氣說話。」

「……我第一次看到對我態度這麼反抗的女生，真的。」

「呿！我跟那些只會說『妳好棒！』的跟班不一樣，好好品味我的大道理吧。妳這天狗一樣驕傲的鼻子……看我哪天把它給折了，真的。」

看到兩人撐不到五分鐘又開始爭論，我深深嘆了口氣。

——看這樣子，不只是結花和勇海的關係，那由和勇海的關係也得好好想想才行啊。

第9話 【促銷企畫】結奈到你家！

「那麼，小結，哥，我去旅行幾天。」

那由在玄關穿鞋，手放在行李箱上這麼說。

現在正值盂蘭盆節假期，她說要和不同的朋友去旅行。

「慢走，小那！路上小心喔～～！」

「等旅行結束，妳就差不多要回老爸那邊了？」

「啥啊？好糟……竟然要把妹妹趕出家門，這要報警了吧？暑假我為什麼要跟爸兩個人過，你白痴嗎？我絕對會回來這個家。」

那由瞪我瞪得有夠狠的。

不，我是不要緊啦，不過……老爸會不會太可憐？

我正想著這樣的念頭，那由就抓住我的手臂一把將我拉過去，在我耳邊小聲說：

「……哥，我不在的這幾天，你要好好跟小結相處。勇海也不在，這正是絕佳機會啊。」

沒錯——為了趕上今天早上的第一班電車，勇海已經出去了。

帶著和要去旅行的那由差不多的行李。

說是從今天起的這幾天要住在朋友家，然後就回家鄉去。

「要是勇海在，又會有很多事情弄得很複雜……如果是男人，這種時候就要搞定啊。」

「……是要搞定什麼？而且要說把事情弄複雜這點，妳也一樣好嗎？」

「唉……真的太遲鈍了吧？想也知道——就是迎來小生命的意思啊。」

「妳白痴啊？」

「白痴是你吧？哥你想想你自己，要是不生下小孩來留住小結，你馬上就會被拋棄的。畢竟你這麼沒出息。」

……感覺她簡直把我看扁到讓我嚇一跳的程度，不過愈想愈覺得吐槽也是白搭。

——於是……

繼勇海之後，那由也會有一陣子不在家。

我和結花久違地……可以好好享受幾天兩人獨處的時間。

「…………」

結花去二樓自己的房間時，我在客廳沙發坐下，啜飲咖啡。

那由和勇海在的時候很吵鬧，令人傷腦筋，可是——突然安靜下來，而且一想到只有我和結花兩個人……

就是會意識到這件事，讓我心浮氣躁……

「總之，找個動畫來看吧……」

我一邊自言自語一邊拿起電視遙控器。就在這個時候。

「——那麼！我們來介紹幸運抽中活動獎項的粉絲！」

結花似乎在我不知不覺間來到走廊上，毫無脈絡地開了口。

活動？她在說什麼？

……我正覺得納悶。

「那麼～～我要發表了～～！咚咚咚咚～～……鏘鏘～～！好，抽中活動獎項的是……『談戀愛的死神』！呀～～鼓掌鼓掌～～！」

「呃，抱歉，結花，我跟不上這個調調……」

「所以！今天由我——和泉結奈變身為『結奈』，到『談戀愛的死神』先生家打擾～～！」

結花打斷我的提問，強行說到這裡——就蹦蹦跳跳地進了客廳。

不對……不是結花。

她帶著咖啡色的長假髮，在頭頂綁成雙馬尾。

她不帶眼鏡就會變成下垂眼，嘴還會像貓一樣圓嘟嘟。

粉紅色長版上衣、格紋迷你裙，配上黑色過膝襪——是她的黃金穿搭。

——嗯。我的天使結奈出現在現實中了呢。

ＯＫ，我死了。

「好的～～你好！結奈來找你玩了！」

打扮成和泉結奈的結花理所當然似的說出這樣的話。

我有點不解地問：

「呃……結花？這次活動到底有什麼樣的主旨？上次我們試了模擬學校情形的推演……這是同一個系列嗎？」

「啊～～！死神先生好過分～～！人家是結奈啊！人家的名字才不是結花！竟然把人家錯認成另一個女生……真是的～～人家不管你了啦！」

ＯＫ，我又死了一次。

我完全說不出話，「她」便湊過來看我。

「今天啊，是活動企畫『結奈到你家！』！結奈的頭號粉絲『談戀愛的死神』幸運獲選——所以結奈就超越次元，來到了他的家！嘻嘻！」

也就是說……在這裡的既不是綿苗結花……

也不是聲優和泉結奈……

而是從遊戲中跑出來的——結奈？

次元的法則亂了。

我頭昏腦脹，就像在作夢一樣，腦袋昏昏沉沉。

「那接下來——結奈就要好好讓死神先生開心……你可要做好覺悟喔。」

嗯嗯，我懂了——結奈。

我明白了……自己現在超越了所有次元，來到夢的世界。

總覺得我再也回不到現實……但只要有愛就沒關係對吧？

◆

『阿雅，我現在……和結奈在一起。』

『喔喔，遊一！你也來到這個次元啦！順便一提，我是二十四小時蘭夢大人都在我面前！』

我任由昂揚的心情驅使，傳了RINE給阿雅，結果對方更高竿。雖然他的情形單純是妄想就是了。

「喂！明明有結奈在，不要玩手機啦～～！」

我以身子往前彎的姿勢坐在沙發上，結奈就偷偷摸摸繞到後面，用力抱住我。

好的，我又死了～～

「……竟然讓結奈露出這樣的表情，結奈絕對不原諒你。罰你……要說一百次喜歡我……笨蛋～～」

「咿！」

她在耳邊輕聲細語，有種無以言喻的甜美電流流竄，讓我全身酥麻。

之前結奈在活動中說過的台詞的改編版。

我到底要死幾次才夠……

「嘻嘻嘻。欸欸，死神先生！怎麼樣？跟結奈一起，開心嗎？」

「太開心，開心到不妙啊，結奈……」

「這樣啊！那太好了～～嘻嘻嘻～～♪」

結奈維持從背後抱緊我的姿勢，在我耳邊發出開心的聲音。

我的腦袋漸漸融化。

可是……結花的臉忽然從腦海中閃過。

當然我知道她是為了我而做，我心中只有滿滿的開心。

然而為什麼結花會想在今天做這個——

「『談戀愛的死神』先生，一下子就好……你就這樣繼續聽我說話好嗎？」

我正想著這樣的念頭。

結奈就把額頭靠在我背上，小聲地開始述說：

「結奈啊，在『第一屆八個愛麗絲投票』是第三十九名。」

「嗯，我知道。恭喜妳……結奈。」

「謝謝你，『談戀愛的死神』先生……結奈覺得能走到這一步，都是拜你所賜。所以今天

——結奈想好好答謝你。」

由結奈來答謝「談戀愛的死神」。

就是因為想好好傳達這份心意——結花才會特地安排這樣的情境嗎？

「結奈……謝謝妳。可是，妳這麼說就不對了。『談戀愛的死神』沒有那種力量，這一切的一切……都是結奈努力的成果。」

「…………不管『我』多麼難受，『談戀愛的死神』都會支持我……你不知道，那有多讓我開心。」

剛覺得結奈說話的聲音顫抖，接著她的口氣也變了。

但我特意不指出這點——繼續聽「她」說話。

「我在當聲優前……對自己很沒有自信。所以我豁出去，參加《愛站》的選秀，然後當上了和泉結奈……但就算這樣，還是成天把事情搞砸，成天沮喪。」

「可是，結奈的聲音……把我在國三那年冬天絕望的心救了回來。妳不是成天搞砸，結奈的聲音——救了『談戀愛的死神』，千真萬確。」

「……得救的是我啦。」

「得救的是我好不好？」

我們互相說著這樣的話。

我慢慢轉向身後——對熱淚盈眶的結奈，更正……是拍了拍綿苗結花的頭。

綁成雙馬尾的咖啡色假髮輕輕晃動。

「結花，一直以來都要謝謝妳。」

「我……我才要說……小遊，一直以來真的都……很謝謝你。我最喜歡你了。」

結花說著笑了笑。

她天真無邪的笑容雖然也像結奈……

卻是以真實的表情在笑的平常的結花。

——連我都忍不住跟著笑了。每次都是。

◆

「小遊～～遊～～小遊～～遊、遊、遊～～♪」

結花枕著我的腿，毫無意義地叫我的名字，叫得十分開心。

她換掉結奈模式的衣服，回到平常那有著一頭絲滑黑髮，搭配水藍色連身裙的模樣。

看著開心地一直在笑的結花，我不由得感到難為情……所以明明沒什麼事卻開始滑手機。

「怎麼樣？結奈來到家裡的感想？」

「我感受到了生命危險啊……太可貴了，我還以為要死了。」

「嘻嘻嘻～～你這麼開心，那就再好不過！」

「……雖然也不必做什麼特別的事，只要有結花在，每天就很開心了。」

我先不禁說溜嘴，然後才覺得不對，急忙摀嘴。

我剛剛……說了有夠難為情的話吧？

「小……小小小……小遊～～！」

可是，為時已晚。

結花聽了我說的話，眼睛開始閃閃發光——把自己的臉埋到我的肚子上。

結花的氣息很溫暖，讓我覺得肚子癢癢的。

「……我也很開心。能當小遊的未婚妻，我真的……很幸福。」

「……嗯。」

我慢慢摸了摸結花的頭。

柔順的黑髮搔著我的指尖。

——雖然那由和勇海在的時候有點太吵鬧，倒也還挺開心。

然而和結花像這樣兩個人悠哉獨處——就覺得心情變得很溫暖。

……臉就是會下意識地放鬆啊。

「啊，小遊在笑～～！」

結花眼尖地注意到這樣的我，開心地瞇起眼睛。

「妳自己還不是也在笑？」

「那當然了。喜歡的人在笑，自己就會跟著笑，這不是理所當然嗎～～」

結花先這樣開玩笑。

然後露出滿面笑容——說了：

「不管結奈還是結花，都會一～～直陪在你身邊！所～～以～～……我們一起歡笑吧！」

妳已經帶給我夠多歡笑了。

不過說得也是……我也覺得如果以後我們兩個人也能一起歡笑，那就太好了。

第10話　曾經和未婚妻參加動漫展的人，告訴我你們逛了哪裡

令人懶洋洋的炎熱，刺人的陽光。

在這種大熱天下，穿著白色T恤、牛仔褲，戴黑帽子的我——和結花一起排著長得非比尋常的隊。

由於實在太熱，我汗如雨下。

「嘻嘻嘻～～！跟小遊～～來參加動漫展～～♪」

我身旁的結花則哼著歌，開心地搖擺身體。

上次低調約會時，結花打扮成和泉結奈，放下頭髮，把帽子壓得很低。

但今天再怎麼說都是動漫展的第二天。

在這裡打扮得像結奈，引人矚目的可能性更高，而且戴假髮又戴帽子難保不會中暑。

所以，今天的結花維持不容易引人矚目的居家服，反而是我把帽子壓得很低來遮臉。

畢竟要是阿雅有來，被他發現時會傷腦筋的是我。

「小遊，呃……這件事有點不好啟口。」

結花小心選擇遣詞用字，一邊跟我拉開一點距離。

裙襬輕飄飄地擺動。

「不能太靠近我喔。」

「怎麼啦，結花？萬一被朋友看見會很麻煩，所以我是沒打算胡亂靠近啦。」

「唔～～……不是這樣啦！」

結花雙手比了個叉，皺起眉頭。

「……是因為流汗才不行～～我不要因為汗味讓你幻滅嘛。」

之前她也說過類似的話。

說二次元是沒有味道的，所以現實中可能會因為汗味而被討厭。

真是的，再怎麼說也不可能因為這點事情就幻滅。

而且結花平常——就只有好聞的氣味。

「話說回來……動漫展排隊排得好誇張啊！」

「記得結花是第一次參加動漫展？」

「嗯！第一次的動漫展～～和小遊一起～～♪」

結花笑著說得像用唱的一樣，讓我忍俊不禁。

國三那年冬天，認識了《愛站》。

高一的冬天，第一次參加動漫展。

第一次參戰的時候，阿雅也跟我一起，可是……抱歉，阿雅，今天我沒辦法跟你一起。

上次是第一次參加動漫展，所以我只是被會場的熱氣震懾住，就這樣結束，然而……今天的我不一樣了。

已經事先查過想逛的社團。

為了有效率地逛會場，路線我也已經想好。

看我好好引領第一次參戰的結花……把要的東西全都拿到手！

「啊！小遊，你看你看～～！」

她的聲音聽起來實在太開心，讓我看向她所指的方向。

「啊……是《愛站》。」

離入口不遠的地方。

那兒的電子布告欄上出現了幾款社群遊戲的廣告。

其中一款——就是《愛站》。

「好棒～～！《愛站》能在這麼大的活動得到宣傳……嘻嘻嘻，感覺真的好令人雀躍呢！」

「就是啊……會覺得《愛站》也走到這一步了啊，真讓人感慨萬千呢。」

說著我和結花相視而笑……但我覺得胸口有那麼一點點苦悶。

要說當然也是當然。

出現在廣告上的角色就只有「八個愛麗絲」。

愛麗絲偶像有將近一百人，只能選出八人來登上廣告也是無可奈何，這我也懂，可是……

結花看著沒有結奈的廣告，這情境就讓我五味雜陳。

雖然對我來說結奈是獨一無二，這點不會動搖。

但我想到站在為結奈賦予靈魂的聲優——和泉結奈的立場，還是會覺得有點落寞吧。我就是會這樣擔心。

「小～～遊！」

我正陷入思索，結花就往我臉頰上一戳。

然後笑咪咪地說：

「謝謝你擔心我。可是，我知道就算沒被選進前八名，我還是有大家的支持，所以……我沒事的！」

「……結花，原來妳是超能力者類型？」

「嚴格說來，我比較想要妖精類型啊……不是啦！是小遊太容易表現在臉上了啦～～」

「嗚……是不是因為關係到結奈，我就太投入了呢？」

「嘻嘻嘻～～可是我最喜歡——這樣體貼的小遊了！」

「最喜歡」這句話她說得理所當然，讓我覺得有點忸怩。

結花的示愛總是那麼直接。

——聊著聊著。

隊伍也前進了很多，我和結花踏入館內。

雖然沒有陽光直射進來，館內的熱氣也很驚人。

「好棒喔～～……有這麼多人來，攤位的人都拚命創作作品……真的好厲害啊。」

「結花當聲優不也非常努力嗎？」

「可是，一想到還有這麼多人也在努力——就會湧起一股力量嘛！我就想到我作為聲優，也得繼續提升等級！」

結花一邊說一邊用力握緊拳頭。

看到結花這麼起勁就讓我莞爾。

「那我們先從這邊逛起好嗎？」

「嗯！我是第一次，所以……要溫柔地教我喔。」

「呃……這說法會讓人誤會，別這麼說好嗎？」

「嘻嘻嘻！好～～」

我和天真地笑著的結花一起——開始逛攤位。

◆

「不好意思，這個請給我一本！」

我抵達目標攤位後，甚至沒花時間翻閱，立刻買下。

我付了五百圓拿到同人誌，前往下一個攤位。

然後，下一本同人誌也當場決定買下！

「小遊，你知道這裡面的內容嗎？從剛剛你就都沒有翻閱。」

「內容我只知道事前網路上的試閱部分，不過……畢竟我知道這些都是百分之百能讓我滿足的作品。」

說著我把買來的同人誌拿給結花看。

《【好消息】結奈不管在哪裡都有夠可愛。》

《結奈×蘭夢　♡♡Love Dream☆》

《結奈（我老婆）》

「看吧？」

「什麼叫看吧！這全都是結奈的本子！」

「不用擔心啦。我只買健全的。」

「你一臉堅定講這什麼話啦……真是的，笨蛋……」

以自己演的角色為主角的同人誌似乎讓結花很害羞，只見她伸手遮臉。

畢竟結奈還沒有在官方的內容當過主角啊。

可是——只要來到動漫展，就會有粉絲把結奈當成最推的角色。

甚至還畫了同人誌……她就是有著這樣一群真心喜愛她的粉絲。

對於這樣的同志們所推出的作品，我不能漏買。

所以我——要把所有以結奈為主角的本子都拿到手！

…………只是說歸說——

創作主推結奈同人誌的社團當然不像蘭夢這些「八個愛麗絲」那麼多。

逛過幾個攤位，我就把看好的商品都買完了。

「久等了，結花……有看到什麼有興趣的本子嗎？」

「咦！沒……沒有～～我什麼都沒在看啊～～」

「為什麼語氣這麼僵硬？」

結花很明顯想遮掩些什麼。

我朝結花看的方向瞥了一眼。

那裡是特別受女性玩家歡迎的社群遊戲——《鬥犬幽會》的攤位。

這款作品的魅力在於有一群由鬥犬擬人化而成的男性角色……我想到結花好像就喜歡這款作品，同時看了看平堆在桌上的同人誌。

封面上——是個面相有點凶的大叔角色將一個黃髮正太角色的下巴往上抬。

啊啊……是這種。

「小……小遊！我們走了啦，你為什麼在看那邊啦～～！」

「妳就別在意，去買吧。很久以前我就想過也許是這樣……而且已經好幾次了。我覺得喜歡BL的作品，在御宅族女生之間很常見。」

「……你不會嚇到？」

「怎麼可能嚇到呢？因為我早就決定……不去否定別人喜歡的東西。」

和二原同學有過那些事情的那次夏季廟會後——我就重新對自己發誓。

誓言絕對要珍惜自己喜歡的事物。

誓言絕對不去否定別人喜歡的事物。

「……嗯，那你等一下喔。」

結花有點不知所措地這麼說，然後戰戰兢兢地跑去排攤位前的隊伍，買了想要的同人誌。

看到結花笑得開心——我由衷慶幸有找她一起來。

◆

我們各自買到了要買的本子後，在會場閒逛。

而出於興趣來到的地方，就是這裡——Cosplay廣場。

「哇啊……這裡也好多人呢。」

結花十分佩服地說著。

Cosplay廣場被扮成各作品登場角色的Cosplayer，以及無數舉起相機拍照的粉絲擠得水洩不通。

第一次參戰時，無論我還是阿雅都一樣，光是逛攤位就已經分身乏術……所以我也是第一次來到Cosplay廣場。

「啊啊，這樣很好！然後把『說話槍』稍微拿低一點，我才拍得到臉……啊啊，沒錯沒錯！

那就拜託了——好啦，改變你表演時間的路過的唯一一人……」

喀嚓，喀嚓，喀嚓。

舉著相機的女生連拍了幾張後，以非常猛烈的勢頭起身——

俐落地擺出變身姿勢。

「——來臨！假面跑者聲靈！看我把你遠遠甩在後頭……！」

「為什麼是拍的人在擺姿勢啊……二原同學。」

「嗚咦啊！」

我喊了她一聲，她就整個人慌了手腳，急忙回頭。

然後，當她認出是我……就鬆了一口氣似的深深呼氣。

「搞什麼，原來是佐方啊……嚇死我了。啊，而且結結也在嘛！不妙，竟然會在這種地方遇到，我太開心了～～！」

「桃桃！嘻嘻嘻～～好巧喔！不過……好厲害啊，這邊這位Cosplayer，完全是『假面跑者聲靈』……」

我懂結花會想這麼說的心情。

二原同學所拍攝的這位Cosplayer穿著看似自製的「假面跑者聲靈」裝，擺出和劇中相同的姿勢……重現度實在太高了。

「這邊這位長年在做『假面跑者』的服裝，我看部落格知道這位要參加這次動漫展，就再也忍不住……所以跑來拍了。」

「大家都Cosplay成各種角色呢～～那邊那位是《鬥犬幽會》的角色，那邊的那位完全重現了蘭夢……」

「呀啊啊啊啊啊啊啊啊！」

就在這個時候。

一陣響徹整個廣場的尖叫聲。

「嗯？好像很熱鬧耶～～結結，佐方，我們去看看吧？」

「啊，等一下，桃桃～～」

於是我、結花和二原同學來到尖聲歡呼始終不停的廣場中央附近。

被無數舉著相機的女性包圍，臉上露出輕笑的——是個穿起執事服非常搭調的型男。

不對……更正。

是個容貌無論和什麼樣的型男相比都能勝過的男裝麗人。

「呵呵……大家不要那麼大聲。大家的心意我都感受到了，最重要的是……喊得那麼大聲，

妳們可愛的聲音會啞掉吧？」

「呀啊啊啊啊啊啊！勇海大人好棒喔～～～～～～～～！」

女性粉絲們在尖叫。

甚至還有兩個人當場昏倒。

「……嗚嗯。」

看到妹妹處在這麼驚人的狀態下，結花露出厭惡的表情。

「小遊，桃桃，我們趕快走吧。我不想被捲進這裡——」

「……咦？這不是結花嗎？怎麼啦，跑來這種地方？」

勇海這麼說的同時，剛才盛大的歡呼聲——立刻停歇。

我和結花戰戰兢兢地回頭一看。

只見勇海看著我們——露出陽光的微笑。

看樣子……下一話會是驚濤駭浪的Cosplay廣場篇啊。

雖然我真心想說饒了我吧。

第11話 【事實】被人氣Cosplayer纏上，結果事情鬧大了

我、結花和二原同學來到Cosplay廣場中央時。

沐浴在尖聲歡呼中的執事服麗人——綿苗勇海，朝我們露出陽光的笑容。

圍繞勇海的大群女性視線一齊投注在我們身上。

在這樣的狀況下，勇海的姊姊結花所採取的行動是——

「啊～～已經這麼晚了～～得趕快回家才行～～」

她以擺明在演戲的樣子丟下這句話，拉起我的手轉身背向勇海。

「咦？等等，結結？怎麼突然就要走了？而且那邊那個人好像在叫妳的名字耶。」

「嗯？我看是把『結婚』聽成『結花』了吧？像是在說粉絲不是都想跟那個人結婚嗎～～這樣。」

我聽不太懂妳在說什麼。

結花即使說出的理由如此牽強，也想和勇海保持距離，然而……

「竟然不理我，太過分了吧……虧我們還是親手足。」

「手足？小勇勇的？」

「所以有人和勇海大人有同樣的基因？」

勇海只是一句話就讓觀眾們情緒沸騰到非比尋常的地步。

勇海……之後會後悔的人可是妳自己喔。

妳看看結花，她那是有夠生氣的表情啊。

鬧著鬧著，勇海的女性粉絲一邊尖叫一邊圍住了我們。

「請……請問！妳是小勇勇的妹妹嗎！」

「我……我愛勇海大人！妹妹小姐……還請讓我成為你們家人正式承認的關係！讓勇海大人只屬於我一個人！」

「等一下，妳們不要得寸進尺。妹妹小姐也很為難好嗎？達令是我們——大家的！」

好猛的世界觀啊。我頭都昏了……

「咦，結結？她們說什麼妳是那個人的妹妹，這是真的？」

二原同學搞不清楚狀況，歪著頭問結花。

結花，這種時候還是不予置評吧。

然後趕快逃出這個空間——

「我……我是勇海的『姊姊』啦！我年紀比勇海大，而且一～～點妹妹要素都沒有好嗎！」

她說出來了。

對討厭被當「妹妹」對待的結花而言，這種情勢多半讓她忍無可忍吧。

嗯，我懂。懂是懂，可是……

就結果來說，結花——等於自己暴露了她是超人氣Cosplayer的姊姊這樣的事實。

「是……是姊姊……？勇海姊姊的姊姊，所以是大姊姊？」

「大姊姊——請妳答應我和達令的婚事！我什麼都願意做，只要是為了達令，要我做什麼都行！」

圍繞我們的情勢變得更混沌了。

我本來也沒覺得勇海說謊，但她在女性之間的人氣還真是非同小可。

不過這是每個人的興趣，我不打算說三道四。

只是……再被牽扯進去，我實在是敬謝不敏。

而且萬一結花就是和泉結奈這件事曝光，事情會鬧得一發不可收拾。

更別說我——基本上就很不會應付三次元女生。

「——說到這個，大姊姊身邊的男生是誰？」

一名女性不經意地低聲問起。

同時這群三次元女性的視線不約而同聚集到我身上。

「難……難道說……小勇勇的兄長也出現了？」

「是……是這樣嗎！勇海大人！」

勇海！這時候妳可要好好幫忙掩護啊！

在這種地方受到矚目，我真的是敬謝——

「啊啊，是啊。他是我最尊敬的——『大哥』啊。」

勇海～～～～～！

人氣Cosplayer的爆炸性發言讓粉絲們一口氣情緒沸騰。

「果……果然是勇海姊姊的兄長……！」

「聽她這麼一說，就覺得眉目也有點像……」

不像好嗎！我們只是姻親啊，姻親！

「才……才不是！」

在這一片混沌的Cosplay廣場上。

結花她——扯開嗓子拚命主張：

「小遊又帥又可愛，是全世界最棒的人，可是……他終究只是勇海的『親家』哥哥！他們一～～點都不像！所以……不可以變成他的粉絲啦！」

「……親家？」

「說是親家，到底是……？總覺得有種禁忌的芬芳……！」

「親家哥哥」這句話讓粉絲們一起開始往奇怪的方向探討。

「呃……結花，首先有個前提，這些人是勇海的粉絲喔。」

「……可是，小遊比勇海棒多了……她們會喜歡上的……」

這也太主觀了。

我自己這樣講也很空虛，不過推我甚於推勇海的，大概也只有結花一個人喔。

「好啦，改變你表演時間的路過的唯一一人……來臨！假面跑者聲靈！看我把你遠遠甩在後

頭……」

『聲靈子彈【變身】。』

在這種混沌的狀況下。

隨著有人高聲喊出的《假面跑者聲靈》名台詞，聲靈槍「說話槍」的語音迴盪在四周。

由於來得太唐突，無論我們還是勇海的粉絲都反射性地轉頭看去。

站在那兒的是——一個舉起「說話槍」，戴著「假面跑者聲靈」面具的神祕少女。

面具的縫隙間可以看到咖啡色頭髮在擺動。

「好了，趁現在！你們兩個……這裡交給我！」

戴面具的人就像變身英雄，英勇地丟下這句話。

謝謝妳，戴面具的人。

我懷著由衷的感謝……牽起結花的手。

趁大家的注意力被分散的空檔全力逃離現場。

◆

「嗨，結結和佐方都辛苦啦！」

從Cosplay廣場全力逃跑的影響，讓我和結花坐在大廳的長椅上癱軟不動。

這時，剛才的面具少女出現了。

……呃，我是知道她是誰啦。

「多虧妳救了我們……謝謝妳，二原同學。」

「謝謝妳，桃桃……妳剛剛有夠帥氣！」

「你們可以多誇我幾句！畢竟我是英雄嘛。」

二原同學拿下面具，一臉非常得意的表情在笑。

「桃桃～～！」

「嗯嗯，結結，愛怎麼跟我撒嬌都儘管來吧。」

二原同學也抱住緊緊抱著她的結花，摸摸她的頭。

模樣簡直就像她的男朋友。

……嗯。

沒關係啦，畢竟二原同學是女生嘛。

也不是被其他男人搶走，是無所謂啦。

「結……結花……？妳在做什麼呀？」

這時——在把事情弄得棘手這點一向有好評的小姨子出現了。

勇海在執事服上披著薄的長大衣，也許好歹是要讓自己不那麼醒目。

「勇海，妳那些跟班怎麼啦？」

「我告訴她們要休息，請她們暫時別跟著我……等等，遊哥！你為什麼若無其事？結花可是紅杏出牆啊！」

「紅……紅杏出牆？勇海，妳很沒禮貌耶！我只是和感情好的女生在打情罵俏啊！這是同性之間的肌膚相親！」

「啊哈哈哈！結結妳有夠可愛！來～～看我搔亂妳頭髮～～」

「嘻嘻嘻～～」

「遊哥！就算同性也很危險！因為說想和我結婚的粉絲也都跟我同性！」

抱歉，勇海妳的情形實在太極端，沒有參考價值。

可是，勇海似乎不服氣。

她受不了不做任何處置的我，主動接近二原同學。

「幸會，請問……妳是結花的朋友嗎？」

「是啊～～幸會！我是二原桃乃。呃，你是結結的……弟弟？」

「是妹妹啊，桃桃！是妹妹！」

結花用力拉了拉二原同學的衣襬，大力主張。

看到她們親暱的模樣……勇海臉頰有些抽搐。

「我太晚報上名號了，我是綿苗勇海，國中三年級生，是結花的……親妹妹。」

「是喔，原來妳是國中生！妳看起來有夠成熟。而且與其說妹妹，還比較像型男吧？」

「是啊。畢竟我好歹也是個已經有粉絲後援會的女扮男裝專門Cosplayer。」

「好厲害！姊姊是聲優，妹妹是人氣Cosplayer。佐方……你這可是和一個有夠厲害的家庭結緣了啊～～」

二原同學悠哉地說著這種話，用力抱緊結花。

對這樣的二原同學，結花的反應是笑咪咪。

勇海咬緊牙關。

這……我看是那樣吧。

是勇海自己也想和結花膩在一起的……嫉妒。

「桃乃姊……妳可以先和結花分開嗎？」

「咦～～為什麼～～？結結抱起來軟軟的，有夠療癒耶～～」

「我也不想和桃桃分開～～」

「啊哈哈，結結真的好可愛喔～～」

「嗚……」

勇海咬得牙關格格作響，甚至讓人擔心她的牙齒會不會咬斷。

然而——接下來她深呼吸一口氣，讓自己鎮定下來。

勇海改變進攻方式，對二原同學露出型男笑容，抬起她的下巴。

二原同學睜大了眼睛。

「嗯，什麼事？」

「桃乃姊，妳說結花可愛，可是……妳也是非常有魅力的人喔。妳惹人憐愛，長得又美。」

「等……等一下，勇海！妳在做什麼啊！不要連桃桃都不放過！」

「我只是坦白說出自己的心意，結花。桃乃姊，如何？妳要不要也來當我可愛的小貓咪？」

透過擄獲二原同學的心，讓她停止和結花膩在一起……就勇海的觀點而言，她大概是想著既然施壓無效，就改採引誘作戰吧。

她也差不多該學到教訓，就是因為做這種事才會被結花罵。

「喔～～原來啊……那麼結結，妳讓開一下。」

「咦，桃……桃桃！不行啦，不可以被勇海的三寸不爛之舌說動！」

「決定下得快，這點也很迷人呢，桃乃姊。來，就由我引領妳——」

勇海陽光地這麼說，就要牽起二原同學的手，結果額頭上……

被二原同學——拿聲靈槍「說話槍」抵住。

…………為什麼？

「……呃，請問，這是怎麼回事？」

「畢竟這年頭的特攝節目是型男演員鯉躍龍門的好跳板啊，在女性市場又有一定的需求，所以在劇中也會有帥氣的角色登場。」

這個特攝系辣妹在說什麼啊。

「雖然我還是喜歡老作品裡常見的熱血紅色那樣的角色。一開打，就從花花公子變成帥氣的英雄，這類型我覺得別出心裁，也很好。可是，型男妹妹……妳全身都是破綻。我要說的就是，沒有英雄感的普通花花公子，我根本不放在眼裡。」

「二原同學……我在一旁聽著，根本搞不懂妳在說什麼耶。」

我不由得吐槽了，但二原同學這番話似乎對勇海造成了意料之外的重大打擊。

只見她當場跪下，一臉愕然。

「普……普通的花花公子……小那也好，桃乃姊也好……一點也不被我吸引的女性竟然有這麼多……」

關於那由和二原同學，我認為只能說妳找錯人了啊。

我正同情勇海，衣襬就被人拉了拉。

是結花用力在拉。

然後——她悄悄把臉湊到我耳邊。

「……順便說一下，我喜歡的型……是小遊，比什麼樣的演員、什麼樣的特攝角色……都更喜歡！」

甜美的耳語沿著耳朵傳來，讓我腦袋一陣酥麻。

可不可以請妳不要不管當下是什麼樣的場面都突然朝我腦袋灌進這樣的話？

不然——我的心臟很快就會停下來。真的。

——發生了這樣的事情。

對勇海來說，也許是受到重大創傷的一天。

但說來說去……我覺得和結花一起逛動漫展實在很開心。

第12話 覺得我的未婚妻到了新學期就會改變的人舉手

「那麼，哥，我差不多要回去那邊了。」

當暑假只剩最後幾天就要結束。

那由把剛泡完澡的我帶到陽台，仰望著夜空這麼說。

或許是因為今天天氣好，月亮格外漂亮。

「嗯，要注意身體啊，那由。」

「呿！那當然。」

我只是正常關心她，卻換來咂嘴，有這樣的嗎？

而我這個笨妹妹仍然不看向我，自言自語似的說了：

「我啊，很慶幸是小結當我的『嫂嫂』。勇海……是煩了點沒錯，就算這樣，我還是希望待在哥哥身邊的是小結。」

「放心吧。不用妳說，我也不打算和結花分開。」

「……哥，你國三拒絕上學那陣子很難受吧？畢竟你到現在都還會抗拒三次元女生。」

第12話
覺得我的未婚妻到了新學期就會改變的人舉手

為什麼突然提到以前的事？

我心中有疑問，但還是先回答那由：

「那陣子的感受，我已經忘了很多。因為和結花一起度過的這幾個月……太濃密了。」

「也是啦。哥，你和那陣子比起來，也比較會笑了，真的。」

那由說著微微一笑。

緊接著她又皺起眉頭，微微壓低聲調說：

「……我是不太清楚，小結也曾經，那個……有過拒絕上學的時期，對吧？」

「妳是聽結花說的嗎？」

「聽她說過一點，但完全沒提到具體的情形。不過……我就想到也許小結也曾經傷得和哥哥一樣深，所以——」

「不用妳說，我知道。」

用不著那由提醒我。

我並沒有詳細聽說過結花的過往。

但就像結花這樣支持我——我也想支持結花。

我就是這麼想的。

「『大概會先逗他笑吧，讓他可以拋開寂寞』——小結之前不就這麼說過嗎？」

那由喃喃說完，目光直視我。

「我相信她這句話，相信她會一直讓哥有笑容。所以，哥你也……絕對別忘了啊。」

「別忘什麼啊？」

「唉，煩……就是哥也要讓小結有笑容啊。夫妻不就是要互相扶持嗎？要是你只顧著依賴小結……我會拔掉你的指甲，我說真的。」

妳的說法也太嚇人了吧！

那由還是一樣太毒舌……但我緩緩點頭。

「我知道。我會和她互相扶持……好歹我們也是夫妻。」

「……呿！你們就原地爆炸到白頭偕老吧。」

「啊，還有，那由。」

「啥？什麼事？」

那由的態度還是一樣冷淡，可是——

我輕輕摸了摸這個可愛妹妹的頭……安撫她似的說：

「最近我都只顧著理結花和勇海，沒能好好陪妳。那個……對不起啊，不只是結花，妳這個親妹妹……對我也很重要。所以……以後也請多關照啦，那由。」

我說出這番連自己都害臊起來的感謝。

而聽我說完的那由……

「…………去死！」

咚的一聲。

她以絕對不該用的速度朝我的心窩送上一記鐵肘。

「妳……我一瞬間呼吸都停了耶，真的……」

「還……還不是因為哥說了奇怪的話！笨蛋～笨蛋～～！這……這種話只可以對結花說啦——小心被誤會喔，哥你這個……花花公子！」

歷經一番波折。

我們有過這段有兄妹樣的對話後，翌日——那由就回爸爸在的國外去了。

而只剩短短幾天的暑假也轉眼間就過去——

明天終於就是第二學期的開學典禮。

◆

「哼哼哼～～♪和小遊～～一起上學～～♪」

穿著制服的結花在盥洗室一邊哼歌一邊綁頭髮。

這是暑假過後第一天去學校，明明只讓人覺得麻煩……她心情可真好啊。

「結花，妳為什麼這麼開心啊？」

「咦？因為去學校就見得到桃桃啊。而且……也好久沒和小遊緊張刺激地一起上學了！當然只會愈想愈興奮嘛！」

「呃……我姑且問問，妳應該有打算保密吧？」

「……那當然了。」

結花把放在洗手台上的眼鏡戴上。

一口氣換成了學校款的冷淡聲調。

「也不想想我是為了什麼才在暑假期間進行學校模擬推演。我是為了讓自己在學校的言行舉止能一如既往，才練習到完美的地步。」

「推演得那麼凌亂，真虧妳好意思說那是練習到完美啊……」

坦白說，我怎麼想都還是只覺得那是糟糕的play。

「對佐方同學來說是這樣吧。但對我來說，是有成果的訓練。這樣一來，不管發生什麼事，

我在學校都能不為所動……」

「結花好可愛喔。」

「嘻嘻嘻～～怎麼啦，小遊你真是的～～……人家會不好意思啦～～」

「根本不行嘛。」

「剛剛那樣太卑鄙了。」

結花把眼鏡用力往上一推，瞪著我這麼說。

然後以學校款的面無表情對我淡淡宣告：

「我還是話先說在前面。如果對我設下剛剛那樣的圈套，我沒辦法即興反應過來。佐方同學你可千萬要小心。」

「不會即興也該有個限度吧……不過也是啦，我對於自己的戀愛被班上同學知道會有多慘已經有過切身的體悟，我是會小心啦。」

「這樣就好。」

「那差不多該走了吧。」

「是啊。」

我和結花這樣約定完，穿上鞋子，走出家門。

然後，走上平常走的通學路時……

「那……那個……」

戴著眼鏡的結花由下往上看著我說：

「去到大馬路之前，剛才的約定……麻煩先當作沒那回事～～……」

結花小聲這麼說，同時伸手用力握住我的手。

……也是啦，這一帶沒什麼人經過，我們第一學期的時候也是並肩走在這裡，所以是不要緊啦。

可是照這樣子，結花在學校真的不會露出馬腳嗎——我有夠擔心。

◆

「嗨，遊一……你看起來挺有精神嘛。」

「你倒是面如槁木啊，阿雅。」

「我反而要問，暑假最後一天……有理由不熬夜參加活動嗎？」

這句話，你返校日那時候也說過吧？

你課金到底是課到多無窮無盡啦……這小子也差不多該被爸媽好好訓一頓了。

「呀喝，佐方！第二學期也要請你多關照啦！」

這時在我背上用力拍一下的是開朗角色辣妹轉特攝系辣妹——二原桃乃。

她甩著一頭咖啡色長髮，天真地哈哈大笑。

她的制服多解開了一兩個鈕釦，深深的乳溝微微露出……讓我趕緊撇開目光。

「啊～～！佐方剛剛看了我的胸部吧？」

而我的動作被二原同學眼尖地察覺到。

她就像拿到了什麼好玩的玩具，露出小惡魔的笑容。

「這樣啊這樣啊～～畢竟我們約好了嘛……約好當你想念胸部的時候，可以來找我！原來對佐方來說，現在就是這種時候啊！」

「胸……胸部……？喂，遊一，你們這令人羨慕——我是說不檢點的契約是怎麼回事！二……二原！也教教我怎麼訂這種契約！我……我要課金多少才行？」

「唔哇啊……倉井，你也太噁了。」

「為什麼啦！只有遊一可以，也太奇怪了吧！」

阿雅的發言是很奇怪沒錯，不過二原同學很奇怪這點我也懂。

而且我根本就沒拜託妳這種事吧？

「來吧來吧，佐方！撲向我的胸口吧～～？」

「不不不，我才不要……所以妳別把胸部揉啊揉的，我的心情會變得很奇怪。真的。」

「可以請你不要把學校和提供性服務的店混為一談嗎……佐方同學？」

這幾句伶牙俐齒得令人從骨子裡發涼的話靜靜迴盪在四周。

我戰戰兢兢地抬起頭。

站在那兒的是——綿苗結花。

和在家裡不一樣，她戴著眼鏡，綁著馬尾。

和在家裡不一樣，她的表情給人冰冷的印象。

……就只是一直瞪著我的學校款綿苗結花。

「早……早啊，綿苗同……」

「不要跟我說話，你這個對女生胸部發情的禽獸。」

連打招呼都不允許，憤怒得駭人的氣場。

畢竟結花一牽扯到胸部就會反應過度得有夠誇張啊。

明明只是二原同學自己失控，真是不講理。

「呀喝～～綿～～苗同學～～！今天妳看起來也很有精神呢！第二學期也靠妳啦！」

「也還好。」

在家還那麼期待和二原同學見面，現在的對應卻冷淡得彷彿那些期待都是假的。

像阿雅就被太冰冷的氣氛嚇呆了。

在這極為沉重的氣氛下，結花斬釘截鐵地撂話：

「總之……我認為作為一個人，把女生當胸部看待實在太下流了。」

「不不不，我才沒有好嗎！」

要是真有什麼把女生當胸部看待的人，那也太糟糕了吧！

「喂～～大家坐好～～」

可是，我還來不及反駁結花這種充滿偏見的說法。

導師鄉崎就走進教室，讓我們各自回到座位上。

——震動震動♪

手機在我就坐的同時震動，所以我小心不要被鄉崎老師發現，偷偷打開ＲＩＮＥ。

『哼～～！小遊是笨蛋笨蛋～～！我雖然沒胸部，但也很柔軟啊……來抱我不就好了嘛！』

ＩＱ低得不能再低的結花傳來的訊息讓我差點忍俊不禁。

怎麼想都不覺得和剛才講什麼「禽獸」、「下流」的是同一個人。

「……是結結傳的吧？什麼，她傳了什麼可愛的訊息來嗎？」

坐在斜前方的二原同學回過頭來，賊笑著小聲對我說。

「該說可愛嗎？她傳來的訊息顯得腦袋很笨。」

「很好嘛，明明就很好嘛。沒辦法坦白說出的少女心……又有另一種可愛！」

「喂，二原！我們在開班會，妳轉過來！」

「好～～對不起～～」

二原同學被鄉崎老師指名道姓，吐了吐舌頭，轉回去面向前方。

我也偷偷收起手機，視線轉往黑板上。

『校慶　2年A班　班代表1人　副代表2人』

看到黑板上這幾個大字，我發呆想著：「啊啊，已經到了這種時期啦？」

校慶。對我這個陰沉角色來說，只是個強制極刑事件。

我不會想和同班同學共有什麼回憶，更不至於不惜削減玩《愛站》的時間也想擺攤——所以對於全班熱熱鬧鬧的這種氣氛，總是完全難以融入。

不知道誰會當上班代表，算我求你，千萬要選一些負擔比較小的攤位種類來擺。

……我正在心中這樣祈求。

「有～～鄉崎老師～～我想當代表～～！」

一個意料之外的人物自告奮勇，讓我差點忍不住發出怪聲。

自告奮勇的——是臉上掛滿甜笑的特攝系辣妹二原桃乃。

「喔喔！居然自告奮勇，妳真有幹勁啊！各位同學同意二原當代表嗎～～？」

鄉崎老師的視線往全班同學身上掃過一圈，但沒有人發言。

這也難怪。畢竟校慶班代表這種麻煩的工作，怎麼想都不覺得會那麼容易有人自告奮勇去做。既然是和班上的開朗角色都很熟的二原同學舉手，相信也不會有人有異議吧。

就這樣，班代表輕而易舉地定案了，可是——

「那麼，老師！副代表可以由我來選嗎？老師妳也知道，既然要做，我就想找那些我想一起做事的人嘛。」

「也好，看來大概也沒有其他人會自告奮勇。所以二原，妳要指名誰？」

「那麼～～我想一起共事的兩個人是～～……」

——這個時候，我感覺到背脊一陣涼意竄過。

這大概就是所謂的第六感吧。

原因很簡單，二原同學在黑坂上寫下的兩個人選是…………

「副代表是……佐方！還有綿苗！二原指名這兩位同學，大家沒意見吧？」

校慶　2年A班　代表　二原桃乃

副代表　佐方遊一　綿苗結花

——這個特攝辣妹著實給我搞出了不得了的事情啊，真的。

第13話 【好消息】我的生日得到盛大的慶祝

「唉……」

九月三日，星期五。

開學當天就已經感到挫敗的我真的很不想去上學，但還是磨蹭著爬出被窩。

這些全都是因為……二原同學指名我和結花當校慶的副班代。

「咦～～？畢竟是校慶耶，一起做這樣的準備工作、那樣的準備工作……讓兩個人的感情更升溫！這是可以讓你們的感情變得比以前更好的最棒的活動吧！」

班會後我去質問二原同學，但她根本不覺得自己做錯了什麼。

「的……的確！這樣就可以有合法的理由讓我在學校也能和小遊在一起了嘛！嘻嘻嘻……在學校和小遊做那樣的事情、這樣的事情……桃桃真有一套！」

第13話
【好消息】我的生日得到盛大的慶祝

結花也是，不知道她在想像什麼，愈想愈興奮。

「…………唉。」

我已經嘆了不知道第幾次的氣，換上制服，腳步踉蹌地下樓梯。

有了校慶副班代這樣的名目，在學校當然會比平常更有機會和結花相處。

但我就是——很怕校慶，怕得完全不覺得這是加分。

全班同學熱鬧地進行準備的那種氣氛。

嗯，饒了我吧。

就當是為了避免重演國三時的黑歷史，我在學校時都只想盡量讓自己變成不會引人矚目的空氣那樣過日子。

與其和不怎麼熟的同班同學交流，我更想把自己關在房裡打開《愛站》，一心看著結奈。

我懷著這樣的憂鬱走進客廳，結果……

「生日快樂～～！小遊～～！」

只聽見砰的一聲拉炮聲。

結花露出滿面笑容，超級用力地拍起手來。

穿著制服，綁著馬尾。

但眼鏡放在桌上，屬於學校與居家的中間款。

「Happy birthday～～小遊～～♪耶～～！Happy birthday～～小遊～～♪咻～～！Happy birthday～～Dear……小遊！Happy birthday～～to～～……小遊～～！」

她剛唱完這像是羞恥play的生日歌。

就以閃亮的眼神直視著我。

「怎麼樣？嚇了一跳嗎？」

「這當然會嚇一跳啊……現在我們正要去上學耶。一般來說要慶祝生日，如果遇到平日，都會在晚上慶祝吧？」

「呵呵呵……我就是要反過來利用這個刻板印象給你驚喜啊！」

結花露出得意洋洋的表情。

以驚喜而言我認為很成功，但我們會遲到耶，真的。

「所以呢，今天是全世界最棒，全世界我最喜歡的小遊，誕生在這世上的——奇蹟的一天！小遊的生日，我會全～力慶祝，所以……放學後你要好好期待喔。」

結花說完得意地笑了。

呃，妳幫我慶生，我是很開心啦。

但立案人是結花這點……就是我最擔心的點啊。

畢竟結花——是超級少根筋。

我滿心只有一種預感……她一定會徹底失控。

◆

放學回家後。

結花說：「派對的準備結束前，你要待在房裡喔！」所以我獨自在自己的房間玩《愛站》。

『生日快樂！結奈今後也會一～直在你身邊，讓你露出笑容，所以……你可要覺悟喔。』

在登入的同時，跳出來的結奈祝賀語音讓我感覺到自己的心漸漸融化。

這是何等幸福，這是多麼棒的女神祝福？

謝謝妳，結奈。我真的很慶幸自己誕生在這世上……

我凝視著結奈，沉浸於自己的思緒中……應用程式ＲＩＮＥ就冒出了來電通知。

打來的是——綿苗勇海。

是在暑假來襲，在我們家掀起一陣風暴之後回去的那個棘手的小姨子。

『好久不見，遊哥。祝你生日快樂。』

「噢，妳聽結花說的嗎？謝啦，勇海。」

勇海以Cosplayer的身分連日參加動漫展之後，一路回到家鄉，所以我和勇海已經兩週沒說話了，只是……

『結花過得好嗎？我離開之後，她是不是寂寞得像小貓一樣蜷縮起來？如果是這樣……我想立刻過去緊緊抱住她。』

「她沒這樣。而且，要是她聽到妳這麼說，會叫妳再也別來了。」

這丫頭對姊姊的偏愛還是一樣劇烈啊。

不知道是什麼原因造成——結花國中的時候曾經拒絕上學。

勇海誓言要變強到足以保護這樣的姊姊，成了讓男生都相形見絀的型男女子。也不知道是經

過什麼樣的轉折，還進化成女性人氣極高的女扮男裝Cosplayer。

結果……她養成了把結花當「妹妹」看待的習慣，陷入一再惹結花不高興的惡性循環。

——如果想和結花處得好，實在該想到只要反省自己的言行就好了。

『遊哥，你們高中就快要校慶了吧？我絕對會去。雖然不知道要做什麼，為了不讓結花搞砸，我會好好支持她……想辦法提升她對我的好感度！』

「勇海……妳也差不多該丟掉這種自己出手的思考方向了。我是不知道她國中的時候是什麼情形，但她已經……能夠靠自己的力量解決了。」

『……的確，我去遊哥家時，結花就笑咪咪的。看到她能自然地笑出來，我真的放心了。可是……那終究只是在遊哥面前……所以——』

勇海放低聲調，一邊留意遣詞用字一邊說道：

『我很感謝遊哥。我認為很怕和人接觸的結花能夠天真無邪地黏人，都是靠遊哥的人德。可是……要說她對其他人是不是也能用同樣的方式相處，我還是很擔心。校慶……我會懷抱幫助結花的打算去的。』

勇海直到最後都說著擔心結花的話，掛斷了電話。

真是的。在奇怪的地方很頑固這點，妳和妳姊姊一模一樣啊，勇海。

我正想著這樣的念頭——又有另一個人打電話來。

「喂？」

『呀喝，佐方！生日快樂！』

我聽見一陣像是拉炮的聲響，聽起來嚴重破音。

抱歉，可以不要透過手機放爆裂聲嗎？

我還以為耳朵要失靈了……

「倒是二原同學，真虧妳記得我的生日啊。」

『畢竟～我可是你的第二個老婆耶，這種事想也知道我會知道吧～鏘鏘～』

二原同學以明顯在說笑的調調對我這麼說。

第二個老婆咧。要是結花聽見，事情可會鬧得很大，受不了……

「我的生日是結花跟妳說的嗎？」

『喔，佐方，真有你的！答對了～結結跑來問我：「怎麼辦，桃桃……男生的生日要怎麼幫他慶祝，他才會開心？」問得可凶了～所以我就想到，我好歹也要打個電話跟你說一聲生日快樂。』

「等一下，幫我慶生……結花好死不死找上二原同學商量這件事？」

『她好像還說也要去問問那仔。』

這是我想得到的人選中最差的一個。

我本來期待的是與結花和樂融融的派對，但這完全變成了恐怖的生日事件啊……我由衷這麼覺得。

『所以，敬請期待我和那仔策劃的美妙生日計畫啦～～♪』

二原同學留下這句話就掛斷了電話。

坦白說，對接下來會有什麼情形，我只有滿滿的不安。

……呃，那由也傳了ＲＩＮＥ給我啊。

我打開我和那由的聊天室，看了訊息。

『在室第十七年快樂。還有再見了……曾經的在室哥哥。』

這什麼東西？

內文太詭異，我甚至看不懂她是不是在祝賀了。

『久等了～～！小遊～～請你來一下客廳～～！』

我看了笨妹妹傳來的這種只有不祥的生日祝賀文後，聽到一樓傳來結花叫我的聲音。

我再說一次，由於二原同學和那由，我只有滿滿的不安。

我戰戰兢兢地走下樓梯，輕輕打開客廳的門。

——結果我看見的是……

一個有夠巨大，像是紅色禮物盒的物體。

「…………」

噢，說到這個。

我在漫畫裡就看過這樣的橋段。

「噹噹噹～～咚咚咚～～」

裡面傳來有夠強調自己在裡面的說話聲，禮物盒也在搖動。

雖然已經可以預見接下來會有什麼展開……總不能放著不管啊。

我急急忙忙打開巨大禮物盒的蓋子。

結果從裡面跳出來的是——

「從盒子裡鏘鏘鏘～～！小遊，生日快樂～～！」

微微蹦起的是露出滿面笑容的結花。

但她的打扮遠超出我想像地——不妙。

把烏黑亮麗的頭髮放下來的居家款結花。

從她頭上長出的，是跟怕寂寞的結花非常搭的兔耳朵。

身上穿的，是剪裁完全露出肩膀的黑色韻律服款皮衣。

雙腿是黑色網襪。

然後，全身還莫名……纏著紅色的帶子。

簡單說就是——身體被帶子綁住的兔女郎結花。

「……呼喵。這……這很難為情喔。可是禮……禮物……就是我！」

「這是哪一個提議的？是那由？還是二原同學？」

「呃，兔女郎是桃桃……用帶子綁住是小那吧？」

真是地獄的跨界合作。

「呃，還有……嘿咻！」

結花還把一顆深紅色的草莓叼在嘴上，用力閉上眼睛。

「……吃掉吧？不管是草莓……還是我，都很好吃喔。」

「我說結花，妳知道自己在做什麼嗎！」

「我……我當然知道！有夠難為情，可是……她們兩個都說男生就是想過這樣的生日……為了讓小遊開心，我才會這麼努力嘛！」

這是對所有男生的偏見啊……我是很想這麼說，但又說不出口，男人心真是複雜。

話雖如此，要一直直視穿得這麼刺激的結花，又讓我不知道眼睛該往哪兒看。

「總……總之，妳先把衣服換掉吧，結花。不用穿成這樣……光是妳為我慶祝，我就夠開心了。」

「嗯……知道了，既然小遊這麼堅持。」

結花自己一口吃掉草莓，匆匆忙忙地爬出禮物盒，跑向走廊。

這麼激進的慶生，我這輩子還是第一次遇到……雖然這也是理所當然。

我先收拾好這個巨大的盒子，然後坐到沙發上，這才鎮定下來。

「……小遊，你狀況怎麼樣～～？」

結花似乎換下了兔女郎裝，從走廊叫我。

狀況？什麼的狀況？

「啊～～好嚴重呢～～心臟怦怦跳得好大聲呢～～看樣子，說不定會破裂喔！」

我正想著她怎麼會這樣唸稿似的講出這種台詞，一點都不像聲優。

結果她咯啦一聲打開門……出現在客廳。

——穿著一身純白的護士服。

「呃！結花，妳完全沒搞懂狀況吧！照剛才的情形發展，怎麼會又搞起Cosplay啦！」

「第……第一次會客氣，但那也只是逞強……小遊女性經驗少，其實是心癢難搔，到第二次就會被攻陷了。是小那這麼說的！」

「又是她嗎！」

下次回來有妳好看的，妳這個笨妹妹。

這件事就先不管……這打扮太不妙了，各種不妙。

明明待在家裡，卻特意把頭髮綁成馬尾，戴著眼鏡。

遮不到大腿一半的護士服底下什麼都沒穿。

甚至胸前還開成V字，深得任何正常的醫院應該都不會准許這樣的穿著。

「既然扮護士，最好戴上眼鏡……桃桃這樣推薦我。怎麼樣，好看嗎？」

「算我求妳，今後可不可以不要再找她們兩個商量……」

厭煩的心情以及怦怦跳個不停的心跳，讓我的腦袋真的快要短路了……

「小……小遊不高興……嗎？」

結花湊過來看著我，擔心地問了。

她的眼睛有點——水汪汪的。

「對不起喔，小遊。我是第一次為喜歡的人慶生……可是，我又希望這一天對小遊而言能變成人生中最棒的一天。我想了很多，不過……好像有點失控了。」

「結花……」

看到未婚妻這麼有心……我下意識地一把將她緊緊擁入懷裡。

「小……小遊！啊，呃，呃……」

「……妳失控過頭是事實。可是，那個……妳為了讓我高興，拚命想方法，我真的很開心。所以——謝謝妳，結花。這是最棒的生日。」

「……小遊。」

結花仍然戴著眼鏡，穿著護士服，也緊緊抱著我。

然後由下往上看著我——「嘻嘻嘻！」靦腆地笑了。

「——生日快樂，小遊！謝謝你出生在這世上，謝謝你跟我在一起……以後我也會一直……最喜歡你！」

第14話 【愛廣　爆料】聽眾來信單元太混沌的問題

趁著結花出門去採買晚餐食材的空檔。

我留下「我去找阿雅玩」的假留言，偷偷躲在空無一人的那由的房間裡。

這樣一來，結花應該就暫時不會察覺我的存在。

狀況完美。

「…………」

我很想用放在客廳的電腦，但結花已經把我要去的網站設為禁止存取，只好放棄。

不過無所謂。我有文明的利器——智慧型手機。

所以呢……

我慢慢地——點開網路廣播的音源。

「各位聽眾，大家好愛麗絲。《Love Idol Dream！Alice Radio☆》——要開始了，做好心理準備吧。」

本來就大受好評的《愛站》所推出的網路廣播——通稱《愛廣》，在愛麗絲偶像人氣投票「八個愛麗絲」發表紀念之後，人氣更旺了。

不安排固定的主持人，而是每次找來不同的愛麗絲偶像，前半段徹底扮演角色，後半段則以聲優觀點自由談話。《愛廣》就是這麼一個內容安排棒透了的節目。

上週又開始了一個新的企畫，從《愛廣》當中挑出最受歡迎的三集，再度召集這些集數的成員來參與。

而這次召集的成員是——

「我一定會登上頂尖偶像的高度。那麼……各位應該做好跟上我的準備了吧？——我是為蘭夢配音的『紫之宮蘭夢』，還請多多關照。」

首先是「第六個愛麗絲」——《愛站》人氣第六名冰山美人女高中生蘭夢，是阿雅的推角。

朝著偶像頂點邁進，嚴以律己地努力。她這種嚴格又帥氣的模樣與私生活的廢人樣之間的落差，讓這個角色大受歡迎。

及腰的紫色長髮配上搖滾風的服裝，非常有魅力。

「我的魅力可是愈挖愈滿出來喔。大家，多跟我一起歡笑吧——我是為出流配音的『掘田出流』～～大家好～～」

接著是愛麗絲排行榜第十八名，出生在油王家庭，十九歲，個性溫和的出流。為了和大家一起找到「用錢買不到的笑容」，無論何時都溫和地投入偶像活動，這樣的模樣為她這個角色博得了人氣。

再加上混血兒的設定，她輪廓深而成熟的臉孔也是受歡迎的祕訣。

再來——

「啊～～！為什麼不問過我就把布丁吃掉啦！竟然奪走結奈最期待的樂趣……不能原諒你！作為處罰……今天一整天，你都要緊緊抱住結奈喔！——我是為結奈配音的『和泉結奈』！還請大家多多指教！」

在愛麗絲排行榜上是第三十九名，但在我的腦內排行榜早已天元突破，是全世界最可愛的愛麗絲偶像——結奈。

她天真爛漫，有點少根筋，因為不喜歡被當小孩子看待，會故意做出像是小惡魔的言行，卻又搞砸而弄得自己很懊惱……而這又是另一種可愛。

在頭頂綁成雙馬尾的咖啡色頭髮裝滿了世界的希望。

圓嘟嘟的嘴潛藏著宇宙的奧秘。

連將她的魅力化為言語都覺得是一種不敬……這個愛麗絲偶像就是我活下去的意義。這正是她，結奈。

「……呼。」

每次都是這樣，結奈出現的瞬間，我就會忘了呼吸。

我先冷靜地深呼吸一口氣，然後閉上眼睛，把全副精神集中在手機傳來的《愛廣》語音。

明明是這麼美妙的節目，結花每次都想阻止我收聽結奈參與的集數。

雖然我也懂結花的理由就是了。

畢竟綿苗結花——就是結奈的聲優和泉結奈本人。

自己參與的廣播節目被未婚夫聽到，大概會讓她害羞到我難以想像的地步吧。

可是，對不起，結花……只有這件事就算是妳拜託，我也不能讓步。

畢竟我是從認識結花之前就一直支持結奈的頭號粉絲——「談戀愛的死神」。

結奈的一切我都要跟到……「談戀愛的死神」有這樣的義務。

聽著聽著，角色談話結束，進行到自由談話的單元。

「所以呢，我們這個同經紀公司的陣容似乎還挺受歡迎的～雖然坦白說，我是搞不太懂為什麼。」

「掘田姊，妳怎麼這麼消極！有什麼不好嘛！這就表示聽眾感受到了我們三個人的魅力呀！是吧，蘭夢師姊？」

「……誰知道呢？我倒是覺得我和結奈的電波上次也沒對上。」

上次她們參與《愛廣》時，和泉結奈對「弟弟」的愛與紫之宮蘭夢對偶像的嚴格要求，擦出了劇烈的火花。

當時大力滅火，或者該說盡力維持節目進行的，就是掘田出流……

「蘭夢！就是這樣啊，就是妳這種毒舌！上次正因為這樣，搞得幾乎是播放事故了啦！算我求求妳們兩個，今天真的要自重！這是師姊的命令！」

「好……好的！掘田姊！」

「……我盡量。」

……就這樣。

今天的節目是從掘田出流的叮嚀開始。

但節目中究竟會發生什麼事情……坦白說，我滿心都是期待與不安。

◆

「這次和以往不同，要一邊介紹聽眾來信一邊談話。所以結奈，第一封信就麻煩妳了～～」

掘田出流做出完美的鋪陳，交棒給和泉結奈。

「好的～～！那麼就先從廣播筆名『型雅』開始。蘭夢大人，結奈公主，出流，妳們好愛麗絲……午安愛麗絲～～！」

我忍不住噗嗤笑出來。

因為這個聽眾，我超熟的。

廣播筆名「型雅」——倉井雅春。

「我身為推蘭夢大人的粉絲，對蘭夢大人最近的活躍高興得都要流出血淚了！我的開心實在太劇烈，明明新學期已經開始，我還熬夜在抽卡（笑）。蘭夢大人——請罵罵這樣的我。」

「來，蘭夢。」

「——請我罵你？連罵的價值都沒有。既然自稱我粉絲……不管對什麼事都要全力以赴。」

「「喔喔～～！」」和泉結奈&掘田出流大聲鼓掌。

想必阿雅一定正在聽廣播聽得爽翻了吧……我的腦海不由自主地浮現朋友的臉，心情變得十分難以言喻。

「那麼，接下來換我唸了。是廣播筆名『NAYU』寄來的。幸會，我是第一次寄這種信。喔喔～～好令人開心啊～～～！謝謝愛麗絲～～～！」

……NAYU？（註：那由的羅馬拼音即為NAYU）

聽到這個廣播筆名，我稍微有種不祥的預感。

「我有問題要問結奈。喔，聽眾指名妳了耶，結奈……結奈似乎經常提到『弟弟』，假設妳能和『弟弟』結婚，妳想跟他結婚嗎？如果要結婚，你們想要幾個小孩？……呃，還是來唸下一封吧……」

掘田出流似乎也察覺到了不妙的跡象。

她試圖跳過對來信的回答，進到下一封來信。

我認為這是正確的判斷。畢竟真要說起來，和泉結奈所說的「弟弟」……指的就是我這個未婚夫。

可是…………

「我想！因為我──最喜歡『弟弟』了！至於小孩，呃，我想想～～……男孩女孩我都想要，所以～～……」

「喝啊！」

「好痛！」

大概是被人用腳本之類的東西打了，和泉結奈的話被打斷。

「結奈……我跟妳說，妳這樣差不多真的要被經紀公司的高層罵了喔。戀弟情結也就算了，講小孩這種活生生的話題不行啦！這會抵觸規約！」

「知……知道了〜〜……」

被掘田出流認真訓話，和泉結奈似乎真的反省了。

我暗自鬆了口氣……還有，廣播筆名「ＮＡＹＵ」，等妳下次回來，我真的會狠狠訓妳一頓。妳給我記住。

「……我自認和『偶像』這份工作結婚了。」

——對於這個理應已經平息下來的話題。

先前一直貫徹沉默的紫之宮蘭夢突然朝水面拋下了石子。

「咦……蘭夢師姊？請問，妳到底在說什麼？」

「這封信的意圖……我看就是在問妳身為偶像是如何看待『結婚』和『小孩』這幾個字眼吧？偶像的結婚對象是『工作』，而小孩……沒錯，就是『作品』。結奈，妳明白嗎？」

「抱歉，蘭夢……我也聽不懂妳在說什麼……」

看到紫之宮蘭夢以冷冷的口氣展開令人莫名其妙的論調，就連掘田出流也掩飾不住動搖。

但「第六個愛麗絲」紫之宮蘭夢不知停止為何物。

「結奈，妳和『弟弟』感情要好沒關係，可是……把『弟弟』當成結婚對象，就實在說不過去了吧？如果不懷著和偶像這份『工作』結婚的打算一直戰鬥下去……妳在這個世界上會沒辦法生存。」

「可……可是！結婚是女生的夢想啊，蘭夢師姊！」

和泉結奈對這個有毛病的論調做出了有毛病的回應。

「我覺得工作也很重要沒錯，可是我也想重視戀愛……因為我認為當一個聲優，把這種心動的感覺發揮到作品當中也是很重要的事情！所以我……我……要一輩子和全世界我最喜歡的『弟弟』——」

「好的，那麼我們進廣告～」

聽說《馬上退休！神奇少女》的藍光光碟，現正大好評發售中對吧？

第三集的初回生產版收錄迷你劇場《北風與鐵管》。

這次還附贈我愛用的鐵管四分之一比例模型，竟然只賣六千三百圓。

鐵管很棒喔。實際揮揮看，就會覺得挺好玩的。

不買的傢伙——就收拾掉？

抱歉，我不是很想說這句台詞。

◆

「你在做什麼啦，小遊！」

「唔哇！」

掘田出流放棄一切，選擇進廣告後，那由的房門被人砰的一聲打開。

我急忙回頭看去，看見的是——臉頰通紅，一臉怒容的結花。

「從剛剛就一直聽到二樓有聲響，覺得奇怪……我真不敢相信。小遊竟然假裝出門，偷聽我明明說過不可以聽的《愛廣》！」

「妳這麼說沒錯啦，可是我跟妳說，我『談戀愛的死神』要是不聽結奈當主持人的神集……

反而很可能是生病了好嗎？」

「你很多理由耶！要是有這麼莫名其妙的病患上門，我看醫院也會很傷腦筋吧！」

結花用力扮了個鬼臉，然後一把搶走我的手機，關掉電源。

「……之後，我和蘭夢師姊一起被罵得有夠慘的。被掘田姊罵。」

哎，我想也是吧。

至少掘田姊有正常的思考回路，我反而放心了。

「……順便問一下，小遊呢？」

「嗯？問我什麼？」

結花突然由下往上看著我，眼睛還水汪汪的。

我正煩惱著該怎麼回答才好，結花似乎就忍不住……鼓起臉頰說：

「……小孩。我想要男生和女生，要兩個吧……小遊呢？」

「結花，妳知道掘田姊是為什麼要對妳訓話嗎！」

她完全沒在反省。應該說，完全沒聽懂。

也太少根筋了……我都同情起掘田姊的辛苦了，真的。

順便說一下……雖然這是理所當然就是了。

《愛廣》的後續，我假裝出門去便利商店，好好地聽完了。

第15話　【憂鬱】把校慶攤位活動交給辣妹的結果……

「那麼，接下來我們要討論校慶擺什麼攤嘍？主席就由我二原桃乃擔任～～！」

二原同學以有夠輕浮的口氣這麼說完，雙手放到講桌上，一臉得意的表情。

站在黑板旁邊的是做學校打扮，戴著眼鏡，面無表情舉著粉筆的結花。

而站在二原同學身邊的，則是閒著不知道要做什麼的我。

——利用班會時間討論校慶。這是第一次討論。

要討論大家對校慶的意見，我光想都覺得憂鬱。

竟然還像這樣站在全班前面……我作夢都沒想到。

「那麼～～有沒有人有意見～～？」

「有！」

用力舉起手的，是我的損友阿雅。

不知道是不是錯覺，他的表情顯得很燦爛。

第15話

【憂鬱】把校慶攤位活動交給辣妹的結果……

「好，倉井，你想提議什麼？」

「我就直說了——就是《愛站》的舞台。」

嗚哇啊……

「《Love Idol Dream！Alice Stage☆》——為了向這款席捲全球的美妙作品致敬，我提議由女生們重現《愛站》的舞台！包在我身上……哪個女生適合扮哪個角色，就由我來完美地幫大家試鏡——」

「駁回。」

結花以冰冷的語氣宣告，將阿雅的妄言一刀兩斷。

「擺攤是要在教室喔。教室這麼小，根本擺不了舞台。」

這話太有道理，讓人無從反駁。

「嗯嗯，綿苗同學說得沒錯！所以倉井，罰你禁止發言一輪。」

「處罰是怎樣啦！我還有其他點子，你們也要聽啊！如果說現場舞台有困難，就讓女生扮成愛麗絲偶像辦握手會——」

「倉井同學，你閉嘴坐下。」

結花的一句話犀利得令人不寒而慄。

聽到這句話，連阿雅也不得不默默坐下。

「綿苗同學妳好讚啊！把場子控制得這麼好！嗯嗯，真不愧是我的左右手。」

「也還好。」

「那綿苗同學要不要也提個點子？」

「點子……我想想。」

結花突然被問到，便手按下巴思索。

接著——她還是面不改色，淡淡地說：

「例如查查當地的名產，做展覽板來展示。」

這意見正經得讓人嚇一跳。

「不，綿苗同學，高中的校慶只放展覽版……會不會太冷場？」

「……那佐方同學提個好的意見？」

結花從大家看不到的角度對我吐出舌頭。

啊……她這是真的在鬧彆扭。

「趕快說啊，佐方同學，來，快點。」

「呃，不……我也沒想到什麼點子……」

我正苦於不知道怎麼應付結花施壓，二原同學就敲了一下手掌。

「大家聽我說。倉井說的重現偶像舞台那些是有困難，可是大家打扮成可愛的模樣，弄個咖

啡館之類的怎麼樣？男生就穿得帥氣點。」

聽到二原同學臨時想到的點子，班上同學的氣氛開始沸騰。

「桃～～妳說的這個，是像女僕咖啡館那樣？」

「對對對。不限女僕，就像萬聖節，大家做各種Cosplay的Cosplay咖啡館！大概就是這種感覺！」

「喔～～桃乃的提議不錯啊。平常都沒什麼機會Cosplay，說不定會挺好玩～～」

「嗯！只有在校慶才能感受到的青春……老師也覺得Cosplay咖啡館很好！」

連鄉崎老師都在教室後面不改雙手抱胸的姿勢連連點頭。

所以在熱血教師看來，Cosplay咖啡館也是青春的一頁嗎？我搞不懂這基準。

「二原同學……我是覺得這不太妥當，該說是會亂了風紀嗎……」

Cosplay咖啡館這個提議隱約就要形成共識的氣氛下。

結花露出難以言喻的表情——小聲這麼說了。

「咦？綿苗同學不太有興趣？不過也不用所有人都Cosplay，畢竟也有一些內場的工作要做。大概也可以分工吧？」

二原同學似乎察覺到結花好像有些不贊同，便幫忙打圓場。

辣妹真不是混假的，這種為人著想的速度，我真的很敬佩。

可是……

「不，所有人都穿比較好吧？就完全度來說，絕對是這樣比較好啦！」

「你說這種話，只是想看女生Cosplay的各種模樣吧，變態～～不過……桃，我也覺得所有人都穿比較好～～而且不這樣就容易不公平。」

「嗯～～……哎，也是有這樣的意見啦……不過，我想想～～……」

二原同學大概是想幫結花一把，口氣不太乾脆。

也許就是看到二原同學這樣——覺得看不下去吧。

結花微微舉起手，語氣平板地提議：

「那麼，就用投票決定如何？看是所有人都Cosplay的Cosplay咖啡館、只由志願者Cosplay的Cosplay咖啡館……還是當地名產的展示板。」

原來展示板的意見還在嗎！

——怎麼說呢？

就像這樣，以投票表決這種最公平的方法得出決議，結果就是……

我們二年A班要推出的活動……就決定是「所有人都Cosplay的Cosplay咖啡館」了。

◆

「嗚喵～～！為什麼大家都想搞什麼Cosplay啦～～！」

班會結束，一回到家。

結花鬆開頭髮，摘下眼鏡，換上居家服後，脾氣變得很暴躁。

「虧桃桃也幫我說話～～！而且明明就還有展示板這項提議～～！為什麼，為什麼……真是的！」

順便說一下，當地名產展示板的提議只有得到一票。

我就特意不問這一票是誰投的。

「可是，說投票表決的人是我……既然都這樣了，那也沒辦法！只能豁出去了……！」

「這有那麼需要覺悟嗎？妳會以和泉結奈的身分參加活動，我是沒想到妳會這麼抗拒……」

「這──就是因為我是和泉結奈啊！」

結花用力抬頭，鼓起臉頰。

「……因為和泉結奈是我，卻又不是我嘛。我當聲優的時候，大家──都不知道我平常的生活啊。我只是因為這樣才能說很多話來維持住場子……」

對喔，我都忘了。

綿苗結花是個挺重度的御宅族，對溝通相當不拿手。

一提到御宅族話題就會停不下來，說太多話而徒勞無功，進而搞砸。

她在學校試圖扮演正經八百的角色，結果——就以樸素又冷淡的感覺，發揮了溝通不良的作用。

要是處在這種學校狀態的結花表現得像和泉結奈那樣？

……………嗯。

總覺得各種次元都會摻雜在一起，讓狀況一塌糊塗。

「還有……我也不要小遊在大家面前Cosplay。」

「為什麼？」

「唉～～……所以我才說小遊……真是造孽。」

怎麼沒頭沒腦就diss我？

我腦袋裡只浮現出問號，但結花一臉鬧彆扭的表情。

「你想想，我是說如果喔，如果小遊打扮成執事或是穿上晚禮服之類……全班同學不就會喜歡上小遊嗎！唔……笨蛋。」

「笨蛋是妳吧！」

該說妄想也該有個限度，還是該問結花所說的「小遊」真的是我嗎？應該不是有什麼超人氣偶像跟我同名同姓吧。

「我說啊，結花……我的異性緣沒有妳想的那麼好，我一點異性緣都沒有。」

「有啦～～我不就喜歡小遊喜歡得不得了～～」

「那是因為妳是特例吧……看在世人眼裡，一定會說妳品味差，絕對會。」

「就算真的是這樣好了，不是有句話說世界上至少有三個人一模一樣！所以起碼還有兩個人……會迷上小遊啊！」

妳在說什麼？

變身怪的傳說講的應該不是這種內容吧？

我們這種莫名其妙的較勁持續了一會。

我的手機——唐突地發出ＲＩＮＥ電話的鈴聲。

「……呃，為什麼勇海會打來？」

看到通知畫面上顯示的名字出乎意料，讓我不由得歪頭納悶。

要是讓結花產生奇怪的誤會也不好，所以我先設定成擴音模式。

『你好，遊哥。』

「勇海……妳為什麼打電話給小遊？」

『噢，結花也一起啊。呵呵……結花妳的聲音還是一樣可愛呢。』

「這種話就不用說了，回答我的問題。」

『啊哈哈，妳動不動就生氣這點也很可愛喔，結花。』

結花氣得坐在椅子上跺腳。

我這個型男風小姨子就這樣又在降低結花的好感度啊……

「所以呢？說正經的，勇海，妳打電話來有什麼事？」

『啊，是。桃乃姊委託我一件事，所以我想說要報告一聲。』

委託？二原同學找妳？

「是什麼事情……而且勇海，妳什麼時候跟二原同學交換了聯絡方式？」

『是在動漫展會場上遇到的時候吧……不過這就先不說了。遊哥，聽說你們班要在校慶辦Cosplay咖啡館？』

啊……我有種不好的預感。

就在這種第六感產生的同時，勇海以得意的口氣說了：

『所以，我接到了桃乃姊的委託。沒錯……她說想拜託人氣Cosplayer和泉勇海擔任Cosplay咖

啡館的顧問！』

「嘿！」

——嘟！

啊，掛斷了。

結花瞪著我這退回聊天畫面的手機，咬緊嘴唇。

上面——顯示勇海新傳來的訊息。

『所以呢，下週六日，我會去兩位家裡叨擾。』

結花慌了手腳，這次自己打了RINE電話給勇海。

「勇海，妳給我等一下！妳說要來我們家，是怎麼回事！」

『因為桃乃姊說想開會討論，我就想反正都要去，就去見妳一面，所以跟她說想在遊哥家裡開會。』

「不用了，用不著妳來當顧問！這是我們學校的校慶，根本不關妳的事嘛！」

『——關我的事。』

剛聽到勇海的聲調微微放低……接著她就溫柔地宣告：

『因為我不管什麼時候，都是拯救結花的……騎士。』

「氣死我！我的騎士是小遊～～！勇海是笨蛋～～！」

「吐槽的點不是這裡吧！」

——就這樣。

勇海確定將擔任Cosplay顧問，參加我們的校慶。

……我們的校慶在往什麼方向前進啊？

第15話

【憂鬱】把校慶攤位活動交給辣妹的結果……

第16話 【壞消息】小姨子對姊姊的過度保護是來真的

「呀喝～～我來找你們玩了～～」

「耶～～歡迎妳來，桃桃～～！」

結花就像一隻很黏主人的幼犬，跑向玄關口的二原同學。

今天二原同學的便服是在襯衫與短褲外面披著黃色的長版開襟衫。

在胸口搖曳的向日葵胸針很有特色。

等等……總覺得這打扮我看過。

「啊，桃桃！這該不會是……《花見軍團滿開戰隊》裡，滿開向日葵的變身前服裝？」

「喔～～結結的特攝眼也愈來愈犀利了呢！沒錯，這向日葵胸針和滿開向日葵那種充滿活力又天真的形象很搭，實在是棒透了～～！」

我們家未婚妻被辣妹一步步推進特攝的泥沼……

不過也還好啦，她們兩個能變得這麼要好，說好事也是好事沒錯。

「所以，接下來我們三個人就要一起討論我們班要推出的活動喔～～哎呀，推薦你們兩位當副班代真是太好了，假日可以和知心的朋友玩……我是說可以討論，不是棒透了嗎？」

妳剛剛說了「玩」吧？

二原同學會不會只為了要找結花玩這個理由，就選我們兩個當校慶的副班代……我正這樣穿鑿地想著。

——玄關的門鈴再度響起。

「嗨，結花，還有遊哥，久違了。」

接在二原同學之後出現的……是個舉止優雅的執事。

略長的黑髮在身後綁成一束。

穿著白色襯衫、黑色正裝，黑色領帶用領帶夾夾住。

以一雙藍色的眼睛（有色隱形眼鏡）盯著結花——勇海露出陽光的笑容說：

「今天妳也是全世界最可愛的呢……我的小貓咪。」

「囉唆！妳再這樣取笑我，就給我回去～～！哇～～！」

在開始的同時就徹底踩了結花地雷的這種作風。

不愧是綿苗勇海……扮型男扮過頭，搞得不知道該怎麼和姊姊相處，這話真不是說假的。

二原同學看著她們姊妹的互動，哈哈大笑起來。

「啊哈哈！不妙，勇海……妳有夠好笑～～妳根本沒打到結結的點～～」

「嗚……」

勇海被戳到痛處，眼眶稍微含淚……但仍佯裝平靜，擺出型男的樣貌反駁：

「……話、話是這麼說沒錯，可是我打到了桃乃姊的點吧？就是因為桃乃姊在動漫展迷上我……我才會拿到這份邀約吧？」

「不是。完全不是喔。」

二原同學對這種把部分女生迷得神魂顛倒的微笑不為所動，不當一回事地說：

「如果是型男執事和滿開戰隊要我選，我絕對會推滿開戰隊！因為只要用了『開花火箭砲』，就能讓枯樹也開花耶。」

「我聽不太懂妳在說什麼……如果要拿那種像是開花老爺爺的人和我比，應該是我比較養眼吧！」

「不不不，妳也知道，我是重度特攝迷。比起型男那種乾淨整齊的衣服，演員們穿的戰鬥服更讓我看了心動好嗎！」

女扮男裝型男Cosplayer對重度特攝迷之間沒有盡頭的對決。

不但無謂，還愈想愈覺得勇海可憐。

「呃，我可以先整理一下狀況嗎？」

情形愈來愈混亂，所以我先試著拉回正軌。

「勇海會在這週六日特地來東京，就是因為二原同學找她來吧？說我們班要在校慶辦Cosplay咖啡館，所以請她當顧問。」

「是……是的，遊哥！是桃乃姊熱烈地邀請我，說這是只有我能做的工作。而我想到既然能幫助結花，就二話不說答應了。」

「不是吧。你們也知道，要是由我來主持，不就會想讓大家穿上戰鬥服嗎？我覺得這樣也不太好，就想到乾脆請對Cosplay圈很熟的勇海來為Cosplay咖啡館提供意見。」

的確，會想讓大家都穿戰鬥服的人完全不適合。

勇海也的確是有名的Cosplayer，品味這方面多半不會有問題，只是……

最令人不放心的點只有一個，那就是她會不會又去招惹結花。

結花似乎也在想一樣的事，以難以言喻的表情看著勇海。

「那麼，就多試幾種看看吧。」

勇海以陽光的笑容這麼說完。

開始從自己拉來的行李箱裡翻出需要的服裝。

「說起來還是女僕裝比較保險。畢竟說到Cosplay咖啡館，一般人最先想到的應該也是『女僕

咖啡館』。」

「ＯＫ！那我就試穿看看嘍～～！」

二原同學從勇海手上接過女僕裝，離開了客廳。

接著——她變身為女僕，再度走進客廳。

「歡迎光臨，主人？我們店如何？很棒吧？我會給你滿～～滿的服務喔……佐方，感覺怎麼樣？」

「呃，抱歉……辣妹的調調跟女僕裝太不搭，感覺像是被拉進違法的店，會被敲一大筆。」

「好過分！」

二原同學顯然大感冤枉，狠狠瞪著我，不過我還是覺得這位女僕看起來背景很黑啊。辣妹風女僕……對某些性癖特殊的人而言，八成非常戳中他們的點就是了。

「那結結要不要穿穿看？學校款的結結穿上女僕裝，多半會像個非常牢靠的女僕，感覺應該挺搭的？」

「啊……嗯，嗯。那我努力穿穿——」

「啊啊，結花就不用了。好的，那就換下一套。」

勇海把整個流程一刀兩斷。

然後淡淡地提出不同的服裝。

「這套如何呢？啦啦隊。衣服就很可愛，而且我想應該可以主打我們是以『為客人加油』為概念的咖啡館作為賣點。」

「啊～～啦啦隊啊～～ＯＫ，那我去穿穿看！」

接著——二原同學再度換完衣服。

「歡迎光臨～～！欸欸，這位客人～～你是不是很累呀？看到你這麼疲憊……我會非常努力幫你加油喔～～」

二原同學舞動長度只到膝上幾公分的迷你裙，甩動粉紅色彩球，踏出輕快的舞步。

勇海一臉正經地盯著這樣的二原同學。

「嗯，還是這種比較偏活動的角色適合桃乃姊。再來，我想想……桃乃姊扮男裝八成也會意外地合適，只要把胸部纏到不醒目的程度。」

「咦～～？真的假的～～？那麼，這種我也試試看吧。」

「……有！有～～！這邊有人舉手喔～～！」

結花蹦蹦跳跳地舉手。

但勇海——故意視若無睹。

「欸，勇海，不要當作沒看見！雖然我不想在人前Cosplay……但我也要參加校慶！不只是桃桃，也給我建議啊！」

「呵呵，結花還是維持現在這樣最可愛喔。」

「我不是在說這個～～！」

勇海繼續無視顯然氣呼呼的結花，臉朝向我。

「對了，遊哥也多試幾種衣服看看吧。像是執事裝、晚禮服之類正統的服裝也不錯，不過……反過來改扮女裝如何？」

「咦，為什麼？不要突然反著來啊！」

「喔～～……扮女裝。這感覺有夠好玩——不，也許意外地有市場喔。」

「二原同學，妳給我等一下，妳只是覺得好玩，完全不管校慶了吧？」

這個情勢很不妙。

勇海和二原同學鬧得起勁，真的不會有什麼好事。

救救我，結花。這種時候我只能靠結花了……！

「……呼嘻！小遊的女裝……一定很可愛嘛……好期待！」

等等，結花～～～～～！

——就這樣。

之後……我受到了筆墨難以形容的羞辱。

◆

「…………」

「就說抱歉了啦，小遊～～呼嘻……可是啊，你剛剛那樣非常可愛喔。」

「真的棒透了啊，佐方……噗！」

妳們根本不是在安慰。

在三個女生面前被打扮成這樣那樣的……那是多麼羞辱。

「哎呀，Cosplay好深奧啊。找勇海果然找對人了。」

「能讓桃乃姊這麼說，作為Cosplayer真是再值得不過了。」

「——我說啊，勇海。」

二原同學和勇海正聊著。

結花忽然表情轉為僵硬……喃喃說起：

「妳都只幫桃桃……還有小遊，選衣服。到頭來，妳對我就什麼都沒提，對吧？勇海……為什麼？」

結花的語氣罕見地認真。

勇海對此的反應是——張大了嘴合不攏。

「咦……結花，妳是真的自己也想Cosplay？妳不是很怕在學校做這種事情嗎？所以我還以為妳會待在內場……」

親妹妹不是當假的。

很清楚結花的路線。

「不不不，勇海，我在電話裡不也說明過嗎？所有人都要Cosplay。」

「桃乃姊的確這麼說過，可是……我以為妳到最後還是會例外。」

「勇海，妳把我當什麼啊……既然決定所有人都要做，我也做好了覺悟啊！」

結花打斷二原同學和勇海的對話，斬釘截鐵地說了。

對此，勇海——並未使出她一貫的陽光微笑，反而露出苦澀的表情。

「……結花，妳說這話是認真的嗎？」

「……妳這麼說是什麼意思？」

兩人之間瀰漫著一觸即發的氣氛。

「結花現在努力從事聲優活動，這我知道，也真心覺得很厲害。還有，妳和遊哥一起生活以後，比以前——笑得更開心，這我也懂。」

「……嗯。」

「可是啊，結花，校慶——學校活動應該和這些不一樣吧。這樣說也許不好聽，對不起喔……我認為妳即使努力參加學校的活動，也不會有好的結果。」

以勇海而言，這番話已經是很小心遣詞用字了。

但內容——比我意料中更嚴厲。

結花深吸一口氣……目光筆直回望勇海。

「我很不會溝通，所以妳擔心我在學校會白忙一場，把事情搞砸……勇海，妳就是想這麼說吧？」

「……是啊。一想到萬一妳把事情搞砸後又會變得笑不出來……我就很害怕。我會忍不住認為……如果是這樣，不如從一開始就什麼也不要做。」

「勇海，妳對我保護過度了。明明我才是姊姊。」

「……只看年齡的話。」

——明明我才是姊姊！

換作平常的結花，多半會鼓著臉頰說出這句話。

但現在……她只是靜靜地承接勇海的話。

——我就想到也許小結也曾經傷得和哥哥一樣深。

那由之前說過的話忽然掠過腦海。

國三的我裝成開朗角色，得意忘形，被當時喜歡的女生甩掉，最後事情還在全班傳開——我因為受到的打擊太大，好一陣子抗拒上學。

當然結花的情形多半和我完全不一樣……但她國中時代也曾有過一段抗拒上學的日子。

當時結花所受的傷。

以及就近看著她的勇海所承受的痛苦。

坦白說……這兩者的心情我都能體會。

因為我記得我把自己關在家裡的時期，那由臉上難受的表情。

因為我知道那由非常痛苦……痛苦得到現在都還放不下對來夢的憤慨。

——可是……

最近她……露出安心表情的次數變多了啊。

我和結花開始和睦地一起生活後，那傢伙也把結花當「大嫂」仰慕——我認為改變就是從這裡開始的。

「要做這個決定的……不是勇海吧？」

所以……我對勇海明白地宣告。

無論勇海、二原同學與結花，都一齊轉頭看向我。

「勇海，我也……有過一段拒絕上學的時期，這妳也知道吧？當時我遇到了結奈，誓言以後只愛二次元……這才勉強能夠復活。坦白說，我認為我讓那由很擔心，所以——勇海擔心結花的心意，我能體會。」

我說著握緊了拳頭。

「可是，自從我不再把目光從三次元撇開，選擇和結花一起生活的這條路之後……我覺得多半能夠讓她放心了些吧。我會這麼想。」

「……遊哥，你想說什麼？」

勇海的聲音微微發顫。

我看著這樣的勇海……繼續說：

「結花是自己選擇了『聲優』這條路。『未婚妻』……雖然當初是我們兩家的老爸擅自決定的啦，但我們選擇了和睦相處的這條路，像這樣兩個人一起生活。所以——學校的事也一樣，我覺得應該照看著結花選擇的路吧？因為這樣做……最後勇海妳也一定能比較放心。」

「…………」

勇海咬緊嘴脣，視線落到腳下。

她用力握緊了拳頭，幾乎令人擔心她的手掌會不會出血。

「……謝謝妳喔，勇海。還有……對不起，我這個姊姊這麼沒用。」

這時我聽見這柔和的說話聲。

結花接著把手輕輕放到勇海握緊的拳頭上。

然後——就像安撫小孩子，拍了拍她的手背。

「我啊，坦白說……也不想在校慶Cosplay。以和泉結奈的身分參加活動時我都沒事，但真正的我非常不懂得和別人相處，所以我一直覺得……很不安。」

「有什麼辦法呢……因為結花……國中的時候那麼痛苦……」

勇海的聲音愈來愈沙啞。

淚珠一滴滴弄濕地毯。

結花輕輕摸著勇海的頭。

「可是……我想努力看看。也許不拿手，也許會搞砸，就算這樣……我還是想選擇努力。所以……勇海，聽姊姊說好嗎？雖然正式這樣說真的有點難為情，如果妳不介意……來參觀我們的校慶吧。」

結花就像唸故事書給小孩子聽那樣。

她只是一直輕聲細語地對勇海說話。

「……看樣子是變得絕對不能敷衍了事了吧，佐方？」

二原同學，看妳說這話，腎上腺素整個都上升了吧？

不過……我大概大同小異吧。

我也全面贊成二原同學的意見。

高二的校慶大概會是我個人史上——最投入的一次。

第17話　聽完未婚妻的過去，我認為得更加珍惜她

「佐方同學，那邊歪了。」

我站在梯子上，把招牌裝設在教室門口。

下方傳來平淡的說話聲——是綿苗結花說話了。

「呃，往哪邊歪了？」

「左邊。倉井同學，你那邊再往下一點看看。」

「喔……喔喔。」

阿雅抬著招牌的另一端，似乎對結花戰戰兢兢，小心調整位置。

結花看著這樣調整好的招牌一會後。

「……嗯，位置正了。」

只留下這句話就走進教室。

阿雅目送這樣的結花離開後，悄悄在我耳邊說：

「綿苗同學還是一樣凶啊。」

「會嗎？剛剛那只是很正常在說話吧？」

「內容是啦，可是說話語氣……該怎麼說，不覺得很嚇人嗎？感覺很冰冷。」

「你推的蘭夢不也是這一型嗎？例如態度冷淡，說話清楚明白。」

「蘭夢大人可以啊……那是一種不讓任何人親近的孤傲女王氣息，光想就打冷顫。蘭夢大人果然棒透了啊！」

我們的對話有點雞同鴨講……不過也無所謂吧。

我下了梯子，走進教室，開始檢查內部裝潢有沒有缺什麼。

時間過得很快，明天——就是校慶當日了。

也因為已經來到校慶前一天，今天各班級與社團都十分忙碌，趕著要完成準備工作。

這種整間學校都很忙碌的氣氛。

我上高中以來就一直盡可能避免和其他人接觸。坦白說，這種氣氛對這樣的我而言——並不怎麼舒適。

可是…………畢竟我已經下定決心要竭盡全力。

「喔～～！很好嘛很好嘛！就算是平常用的桌子，鋪上桌布就很不一樣啊！啊，對了，服裝

的套數還好嗎？夠用嗎？」

教室正中央，校慶的班代表二原同學朝各個方向發出指令。

二原同學平常就天真爛漫，又很會帶動氣氛。她這種能和大多數同班同學聊得愉快的溝通力，在這種場面就發揮得很好。

辣妹真不是白當的。

雖然有重度特攝迷這個不為人知的興趣，她骨子裡果然是個開朗角色啊……

「桃乃……妳真的連這衣服也要穿？妳本來就很漂亮，只穿女僕裝應該就很好了吧？」

「不不不，我是班代表，還是要炒熱我們二年A班『Cosplay咖啡館』的氣氛才行吧。所以為了招攬客人，我特地挑了有夠醒目的一款啊。」

二原同學這麼說──一邊套上了怪獸裝。

一種全身黑色，像昆蟲又像恐龍，看起來很厲害的二足步行怪獸。

連我都知道。這是宇宙奇蹟超人裡面很有名的一種敵人。

「噗嚕嚕嚕嚕嚕……」

「桃……桃乃？嚇我一跳……妳剛剛那怪聲是怎樣？」

「沒有啦，我是想說發出像是怪獸的聲音，大家不是會很開心嗎？噗嚕嚕嚕嚕嚕……」

「不不不，有夠恐怖！這會嚇死人！」

看在旁人眼裡，多半會覺得二原同學奮不顧身，試著炒熱氣氛吧。

但我總覺得其實二原同學只是想在人前合法地穿上怪獸裝，所以……我認為這是一種濫用職權。

「佐方同學，可以來這邊幫忙一下嗎？」

我正看著濫用職權怪獸，結花就輕輕拍了我肩膀。

她從細框眼鏡下，面無表情地看著我。

「去裡面放飲料類的空間。」

「啊……噢，好啊。」

我聽從結花的吩咐，來到用門簾隔開的飲料放置區。

結花從後跟來，不發一語，唰的一聲拉上門簾。

接著……她也沒拿下眼鏡就湊過來看我的臉。

然後就像只有我們兩個人在家時那樣——笑咪咪的。

「嘻嘻嘻！跟小遊兩個人獨處～～」

「呃……不是要我幫忙嗎？」

「呵呵呵……沒有這種事情！因為我只是想合法和小遊兩個人獨處嘛！」

「妳一臉踐樣在講這什麼話啊！等回到家，我們就可以兩人獨處了，不要特地冒奇怪的風險

來玩！」

「人家才不是在玩呢～～人家是想補充小遊能量嘛～～」

剛看到結花撒嬌似的吐了吐舌頭。

接著她就一身在校款打扮……用力抱住我。

然後……過了五秒左右又迅速分開。

「嗯！小遊能量，充填完畢！好～～加油～～～！」

「這是什麼儀式啊……我是什麼能量站嗎？」

「嗯～～對我來說是力量的泉源……也是路標吧。」

結花轉身背對我之後，小聲說：

「我對勇海說了會努力，可是你也知道，我並不是很擅長這種事情……經常會覺得累或是不安。所以……對不起喔，小遊，每次都依賴你。」

結花這麼說完又轉過來面向我——露出天真的笑容。

「那剩下的時間，我們再努力吧！小遊……我們要辦好校慶！」

「……嗯，是啊，我們一起加油吧。」

於是我們微微錯開時間去到門簾外。

結花再度回去進行準備工作時，臉上一如往常有著冷淡生硬的表情。

她切換起來還是那麼快，讓我忍不住笑出來。

◆

等布景架設完畢，回到家時已經過了晚上七點。

身體固然也累了，但精神上更累……我這麼想著，連衣服也沒換就這麼躺到客廳沙發上。

『那麼，我到機場了，大概再一個小時就到你那邊。』

打開手機一看，那由傳來了聯絡。

她回來前竟然會聯絡，還真稀奇……她素行太差，連這麼理所當然的事都讓我嚇一跳。

而且她會不會太常回日本了？老爸的錢包要不要緊啊……

「結花，那由說再一個小時左右就會到。」

「好～～勇海也有跟我聯絡，差不多也會在那時候到～～」

結花一邊說一邊把眼鏡放到桌上，解開了髮圈。

為了明天從早上就能去參觀校慶，那由與勇海都是今天就會來我們家過夜。

我們四個上次齊聚一堂已經是動漫展前的事了。

我正茫然想著……但願那由和勇海不要又吵起來。

——不知不覺間，客廳裡已經沒有結花的身影。

「咦？結花？」

我在沙發上坐好，四處張望，就聽到客廳的門喀啦一聲打開。

「鏘鏘～～！」

這個自己喊出音效走進客廳的人——是穿著女僕裝的結花。

黑色連身裙款的女僕裝，裙子在膝蓋的高度變很蓬。

裙子與過膝襪之間露出了健康的大腿——產生了所謂的絕對領域。

白色圍裙洋裝繡有荷葉邊，十分可愛。

放下的黑色長髮有純白的頭飾點綴。

頭髮顏色、眼睛顏色、體格，明明全都不一樣……

但看在我眼裡，簡直就像——扮女僕的結奈。

「……感覺如何？好看嗎？主……主人！♪」

結花露出靦腆的笑容，說出不得了的必殺台詞。

「啊，順便說一下，正式上場的時候，我會穿長裙版的女僕裝喔！畢竟讓小遊以外的人直接看到腿，實在太難為情了……」

我明明沒問，她卻開始辯解。

結花一隻手拿著為了校慶而買的托盤，另一隻手……朝我伸來。

「結花不管什麼時候都希望主人開心，所以……結花會卯足全力加油！以後……我也可以繼續陪在主人身邊嗎？」

這是怎樣？這孩子是想萌殺我嗎？

足以破壞高中男生腦袋的強烈情境接二連三而來。

「……不行嗎？」

我正拚著一口氣壓抑無處宣洩的心情，結花就小聲這麼說了。

她說話的聲音顯得有點不安。

大概是被結花這種不像她風格的聲調所觸發……我下意識地緊緊握住結花伸來的手。

「怎麼會不行呢？雖然主人這個稱呼我實在是承受不起，不過……如果是以『夫妻』身分，希望……以後妳也能陪在我身邊。」

「……謝謝你，小遊。」

剛感覺到她放開我的手，緊接著——是一陣柔軟。

結花很用力地……抱住我的身體。

事發突然，讓我嚇了一跳。

但我也做出回應——我的手繞到結花背後，用力抱住她。

「……我可以說說以前的事情嗎？」

「……嗯。」

「我國中那時候……就跟小遊一樣，有過一段抗拒上學的時期，這我說過了吧？」

就這樣。

結花緊緊抱著我，開始述說——「過去的傷痕」。

「勇海她不是說小時候的我還滿頑皮嗎？」

「嗯，好像說過。是說妳屬於那種『我要當第一！』的類型？」

我想起暑假時看到的那些結花小時候的照片。

「不過，頑皮的個性終究漸漸變沉穩……但我愛說話這點並沒有改變。不管是國小，還是上了國中，我都是個會一直和要好的朋友說個不停的……『很多話的御宅族』。」

「妳從那個時候就已經是御宅族了啊。」

「小遊不也說過自己從以前就是御宅族～～我也一樣！我最喜歡動畫和漫畫，就會聊起哪一部作品好看，又或者熱烈談論『我想到的理想劇情』——」

我想到的理想劇情？

我覺得自己一瞬間聽見了黑歷史情報……不過講了就會離題，就別吐槽了吧。

「還好啦，我國中的時候也是御宅族興趣全開，當自己是開朗角色說個不停……所以我隱約可以浮現出畫面。」

「我沒有裝開朗角色喔！就只是和興趣合得來的朋友在教室的角落，每天都聊得很熱絡……可是畢竟我們很吵啊，也許就壞的方面來說引人矚目了吧。」

她說到這裡的同時。

我感覺到……她繞到我背後的手——加重了力道。

「大概是從國二的夏天開始吧。其他小團體的女生，該怎麼說……開始來招惹我。我們一說話，她們就會在附近竊竊私語，或是很露骨地避開我。之前我和這些小團體幾乎沒什麼往來……我想大概是有點看我不順眼，感覺像是這樣。」

「這……」

我勉強壓制住差點忍不住喊出來的自己。

雖然結花說是「招惹」……

實際上，八成不是用這個可愛的詞就能形容的吧。

所以就是只因為有點看不順眼這種沒營養的理由，結花——就被班上的女生找碴嗎？

「起初我都有忍下來喔，可是，本來跟我很要好的朋友也說不想被連累……就不再找我說話。這樣一來，感覺就好像……斷了線。」

「……這樣啊。」

這種時候……說不出什麼好聽的話，讓我覺得自己很沒用。

換作勇海，一定說得出幾句耍帥的台詞吧。雖然要說那樣好不好，我也有點疑問就是了。

然而我還是不想讓結花不安。

所以雖然我什麼都說不出口——我緊緊擁住結花，慢慢摸著她小小的頭。

「……嘻嘻嘻，小遊，謝謝你。」

「不會。值得妳道謝的事，我什麼都做不到。」

「才不會呢。因為小遊不管什麼時候都會把我……帶去閃亮的世界。」

接下來——結花把自己抗拒上學那時期的情形說給我聽。

連朋友都不再找她說話，讓結花孤立無緣，愈來愈害怕上學，開始把自己關在家裡。

她會讀輕小說或漫畫，看看動畫，多少能夠排遣。

但有時一到晚上就會平白無故地流眼淚。

有時一到早上，肚子就會突然痛起來。

結花就在這麼痛苦的狀態下……繭居了將近一年。

我被來夢甩掉後，只有繭居一週左右。

原來我只是為了這點程度的事就說自己絕望了嗎？我自己都覺得可恥。

因為，結花「過去的傷痕」非常深——足以讓我覺得自己的煩惱簡直可笑。

「就是因為就近看著這樣的我……我也明白勇海為什麼會變得過度保護，畢竟當時的我就是這麼慘……」

「就算這樣，我覺得把自己弄得像是型男的勇海自己也有問題啦。」

「啊哈哈，就是說啊～像她那樣到處攻陷女生，做姊姊的還是希望她自重，真的。」

我一說笑，結花似乎也輕鬆了些，回了我幾句像是發牢騷的話。

然後，結花深深吸一口氣。

更加用力抱緊我。

「……國三那年的冬天，我參加了《愛站》的選秀會。我都繭居了一年左右，這樣當然會讓人嚇一跳吧？爸媽和勇海都傻眼了，可是……在我最難受的時期，漫畫和動畫給了我活力，我就

想說自己也想創作這種『故事的世界』……我是真的這麼想，然後我被選上了！」

接下來的結花拿出勇氣……在剩下的最後幾個月把國中念完。

然後對自己的心情做出了結，來到東京。

她一個人住，兼顧高中生活與聲優工作。

接著——在高二突然被提起婚事，發展至今。

「……說完了！對不起喔，說這種陰沉的話題。還有……謝謝你聽我說，小遊。」

「不會，我才要說……結花，謝謝妳告訴我。」

然後我們自然而然慢慢分開。

視線所向之處，結花明明才剛說完陰沉的話題……臉上卻有著像是天空中最閃耀的一顆星那樣的笑容。

「結花，妳為什麼這樣笑咪咪的？」

「沒有啦，我只是感慨萬千地想到我真的好喜歡你！感～～慨～～萬～～千～～」

「剛剛說的話裡有什麼成分會讓妳這樣嗎？」

「想也知道有吧～～我剛當上聲優，什麼事都做不好的時候，給了我勇氣的就是『談戀愛的

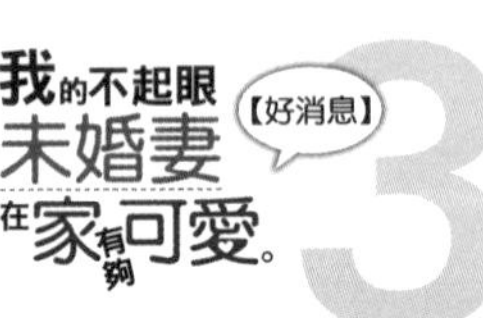

死神』。而現在，帶給我幸福的每一天的是小遊。這樣一想就覺得……我果然最喜歡你了嘛。」

「不不不，反了吧。是結奈給『談戀愛的死神』活下去的希望，然後現在也是結花帶給我雖然吵鬧但開心的每一天，所以我才要說——」

「——我才要說？」

結花緊追不捨地問了，朝我露出閃閃發光的眼神。

我突然感到難為情，一句話說不下去。

「我～才要說～～？」

「沒、沒有啦……我什麼都沒有要說。什麼都沒有。」

「不可以～～在你好好回答完之前都不能回去～～」

「是要回哪裡啦？這裡就是家了耶。」

「細節不重要！來，趕快說出來～～？我才要說～～？是對結花～～？……喜？……歡？」

「這誘導的方法也太露骨啦！而且，根本是妳自己在說——」

「我說啊，這樣讓人很不耐煩，趕快去滾棉被好嗎？真的。」

我們兩人正談得熱烈。

忽然聽到走廊傳來這個令人恨得牙癢癢的親人說話的聲音。

我和結花先對看一眼，視線慢慢轉向走廊。

我們看見的——是撲克臉的那由以及臉上掛著型男微笑的勇海並肩站在那兒。

「小那，這種事情氣氛最重要了。就是要像剛剛那樣從打情罵俏開始，然後隨著時間來到晚上，才會更火熱啊。不過小那還是小孩子，也許不會懂啦。」

「啥？這氣氛型男有夠煩。」

「氣……氣氛型男……這句話我可不能當作沒聽見。」

兩人似乎爭執了起來，不過可以請妳們晚點再吵嗎？

「那由，勇海……妳們兩個從幾時就在那裡了啊？」

「啥？已經在這裡將近十分鐘了耶。緊緊相擁的兩人世界……很好啊。呿！」

「遊哥真有一套，竟然讓結花發出那麼撒嬌的聲音……『在你好好回答完之前都不能回去～～』啊哈哈……結花好可愛。」

「勇海，妳一定在嘲笑我吧！笨蛋～～笨蛋～～我受夠了！妳們兩個都一樣，既然到家了，至少說一聲啊～～！這樣人家多難為情啊～～真是的！」

——鬧著鬧著……

校慶前一天晚上比平常更吵鬧地過去了。

接著——明天終於就是校慶。

可得好好努力，讓這次校慶不管對我還是對結花……都是最棒的一次校慶。

第17話
聽完未婚妻的過去，我認為得更加珍惜她

第18話 【開場】校慶中的未婚妻讓我有夠擔心

「那麼，我們先出門了，那由和勇海，門窗就拜託妳們關好了。」

「……好的，慢走。」

勇海這麼說時臉色非常黯淡。

昨天晚上她還滿正常——不過那也許是她強顏歡笑的結果吧。

校慶是九點開始。

由於開幕前有最後的準備工作要做，我們學生照計畫要在七點集合。

「那我們走吧，小遊。」

綁馬尾戴眼鏡的結花制服翻飛著這麼說。

結花感覺情緒也有點低落……不過她也許是在緊張吧。

結花對勇海說她也要努力參加學校活動。

但國中時代的結花在學校經歷過的精神創傷——絕不算小。

我認為結花會不安也是情有可原。

「結花。」

大概是感受到了結花的緊張……勇海擔心地喚了她一聲。

結花穿上鞋子，拿著書包，轉身面向勇海。

「結花……妳真的不要緊嗎？」

「真是的……妳對我保護過度了啦。」

「我當然會擔心，因為國中時的妳……」

勇海說到一半，把話吞了回去。

勇海會不安……這種心情我也懂。

因為我昨天聽結花說起從前的事情時，也覺得胸口一陣撕裂。

如果又像以前那樣，在學校弄得很不愉快，搞得結花的心又受到重挫……

如果結花的笑容再度消失……

就像這樣……我們難免在事情還沒發生時就擔心。

「國中時的綿苗結花已經不在了。」

就像要劈開這種沉重的氣氛。

結花以斬釘截鐵的口氣說完——笑了。

感染到勇海的不安的我聽到這句話才警醒過來。

「當然，我就是我。可是啊，妳看我的身體不也長得這麼大了嗎？我的心也一樣……認識各式各樣的人，有過各式各樣的經驗，已經漸漸變了。所以——國中時那個成天在哭的綿苗結花，已經不在了。」

「……結花。」

勇海表情仍然黯淡，結花在她肩上輕輕一拍。

「真是的，我不就說我會努力了嗎？所以……勇海，妳看著吧，看姊姊也是有長進的！」

「別哭哭啼啼啦，氣氛型男。」

「原來妳在？」

在這樣的時間點，完全無關的那由在勇海背上毫不留情地揍了一拳。

妳啊……至少在這種時候應該要用手掌拍吧？為什麼用拳頭揍啦？

「要抱怨，等看過她正式上場再說。平常都在裝型男，也太沒有閒情逸致了吧。用妳平常那種調調送她出門啦，真的。」

「好啦……小那好粗魯喔。」

兩個妹妹先較勁了一番。

勇海臉上的表情仍然顯得不安——注視著結花。

「要是遇到困難，要找遊哥幫忙喔，害怕的時候要立刻求救喔。知道了嗎，結花？」

「……唉，勇海，妳這孩子……」

「好嗯。」

於是我和結花兩個人一起走出家門。

天空乾乾淨淨，沒有一片雲。

好了，為了讓校慶順利——可得重新打起精神了。

◆

「好～～！二年A班，加油！」

校慶的班代表二原同學一大早就狀況絕佳。

她一邊鼓舞班上同學，一邊進行班表確認與咖啡館供應餐飲的最終確認等工作，盡情地滿場奔走。

「嗨，佐方！狀況怎麼樣啊？」

「普通啦。雖然有點緊張。」

「是嗎是嗎？也好，既然認真到會緊張，那就很好！」

「是在好什麼啦……」

「因為佐方你的表情很好啊。你的表情就像國中那時一樣自然，做姊姊的當然高興啦！」

表情自然？

啊啊，聽她這麼一說……也許是吧。

這次的校慶，我投入了很多情感——感覺也比平常更正常地和班上同學說話。

先想到這裡，我直接對二原同學問起不經意浮現的疑問。

「二原同學，我是覺得不太可能，不過……妳是預料到會這樣才選我和結花當副班代嗎？」

上了高中後，二原同學就很常找我。

我們國中的時候明明完全沒交集，讓我一直覺得很不可思議……想不通這是為什麼。

跟她熟起來之後，我得知了她的想法，那就是想為被來夢甩掉以來就一直避免社交的我——

再次找回活力。她一直是這麼想的。

該說是愛管閒事，還是太喜歡特攝，喜歡到思考回路都變得跟英雄一樣。

二原同學就是這樣。

所以搞不好她之所以挑上我們，就是經過這樣的深思熟慮……

「不，我怎麼可能是那種頭腦派？只是湊巧啦！湊巧！我只是覺得跟你們一起做事就會很開心，才選了你和結結。不過沒想到……感覺意外地令我滿意！」

完全猜錯了。

這種誤會還真是挺讓人難為情。

二原同學完全沒察覺我的羞恥，繼續說：

「我啊……不是佐方你想像的……那麼帥氣的英雄。這次也一樣，我只是想跟你們兩個一起創造開心的回憶……就只是我的任性。」

「可是啊——」

二原同學難為情地搔著臉頰，笑著說：

「說巧合也是巧合沒錯啦……但我自己是覺得這件事對你還有結結來說，似乎也有了一些好的影響吧。英雄也是這樣吧——有些時候是發生了一些意想不到的奇蹟，才讓世界得救喔。」

這理論亂七八糟，很有二原同學的風格。

不過也是啦……雖然當校慶的副班代實在麻煩得不得了。

但我的確能夠覺得這樣也不錯。確實。

「那麼，佐方，難得的校慶……為了劃下最完美的句點，我們好好加油吧！」

「嗯。眼前……都做到現在了，我會努力到最後的。」

二原同學用力豎起大拇指，開朗地笑了。

看著這樣的二原同學——我也自然而然地笑了出來。

◆

「……主人，您回來了。」

這個說話冷漠的女僕裝少女把菜單一股腦地放到桌上。

綁成馬尾的亮麗黑髮微微晃動。

一邊說，還一邊推了推細框眼鏡。

長裙版的黑色女僕裝上圍著白色圍裙洋裝——做這種經典女僕裝扮的女僕——綿苗結花，以一雙眼角上揚的眼睛低頭看著顧客。

「……請問要點什麼餐？」

「啊，呃……呃……給我咖啡。」

「熱的？」

「啊，是……」

結花為客人點完餐，以生硬的動作來到裝設好的廚房。

「咖啡，熱的。」

她面無表情，淡淡地告知後，又前往下一桌客人那裡。

看著這樣的結花……輪班待在廚房的我內心七上八下。

呃，那個，看看其他同學吧。

一個二原同學的辣妹朋友穿著啦啦隊的服裝，一邊揮舞彩球一邊輕快地和客人聊天。

一個我連名字都沒記住的排球隊女生穿得像是會在萬聖節看到的迷你裙魔女，吸引客人的目光。

至於二原同學——她穿著怪獸裝待在教室外，有夠吸引大家矚目，不過她應該算例外吧。

總之……大家都發揮了Cosplay服裝的特色，進行能讓客人開心的接待。

但女僕裝結花……

「啊，不好意思～那邊那位女僕小姐～～」

「…………什麼事？」

聽到客人呼喚，她做出毫無友善可言的回應。

「眼鏡和女僕裝的搭配……這不折不扣正是傳統的女僕！妳這樣穿非常好看啊！」

「也還好。」

即使客人熱烈稱讚，她也只是輕輕帶過。

……這根本是那樣吧。

學校款結花——平常的冷淡對應現正狀態絕佳發動中。

「嗚嗚嗚嗚嗚……我完全不行啊……小遊～～～～……」

我和結花都沒班的時段。

我們一來到沒人經過的校舍後面，結花就明顯垂頭喪氣。

說來不好聽，不過……她接待客人時的氣氛真的很誇張。

「唉……怎麼辦？虧我還對勇海說得那麼了不起……」

「國中時的綿苗結花已經不在了——是這樣說的嗎？」

「呀啊啊啊啊！為什麼還特地複誦啦～～！小遊是笨蛋～～！」

一下子消沉，一下子生氣，妳還真忙啊。

如果接待客人的時候也能這樣就好了……不過我自己也是差不多的類型，所以我懂。這種事情並不是留意一下就能辦到的。

我們正聊著這些——口袋裡的手機震動了。

朝畫面一看，是那由打了ＲＩＮＥ電話來。

「喂？那由？」

『響一聲就該接了好嗎？你懂不懂社會的嚴苛啊？……唉。』

「我才想問妳是把社會當什麼了……我們正在忙校慶，又不一定能那麼快接。」

『啥？你找什麼藉口啊？如果是政治家，剛剛那句話就要讓你辭職了吧？』

「太極端了吧！我根本沒有那麼嚴重的失言啦！」

那由在電話接通的同時就一刀砍來。

她能不能收斂一下，別再讓這種情形是常態……受不了。

「所以，妳已經到學校了嗎？勇海呢？」

『她在。來，勇海，叫妳講幾句話。』

『啊……呃。啊哈哈……』

那由身旁傳來生硬的笑聲。

換作平常，勇海已經對攤位的女學生講出幾句型男台詞了……不過看樣子她是太擔心結花，根本沒這種心情吧。

『哎，勇海差不多就這樣。然後呢？哥和小結兩個人都有班的時候是幾點？』

「嗯？呃……如果是照十二點以後的班表，我和結花應該都在外場服務。」

『十二點啊？就快了嘛。好啦，勇海，走啦——等等，別跑啊！』

『唔嗯嗯！小……小那，脖子！脖子……被勒……住了！』

『還不是因為妳怕了，想跑回家？我說啊，小結都說了會努力耶。妳做妹妹的，卻看都不看就跑掉，妳是白痴嗎？』

「…………嗚嗚。」

結花發出電話另一頭聽不見的悶哼聲，按住肚子。

那由……告訴妳，妳這句話對她造成的壓力可是出乎意料地大啊。

『遊哥……結花真的有做好嗎？』

勇海從電話另一頭傳來的聲音和平常不一樣，顯得很纖弱。

『結花比平常更認真……這我是明白，但我好擔心……擔心她會不會實際做了才發現完全不行，然後因為自我厭惡而沮喪。』

嗯，完全正確。親妹妹真不是當假的，把姊姊的特徵掌握得很好。

在一旁聽著的結花根本因為被猜得太準，變得更沮喪了，妳知道嗎？

『戀姊癖太嚴重了，笑死。小結是妳的所有物嗎？』

那由對這樣的勇海做出很過分的挑釁。

『別那麼多廢話，親眼去見證啦，絕對會順利的。如果不順利……我就把哥處死刑。』

「為什麼是我啦！」

『囉唆耶。總之，哥要好好支持小結。我相信這點事你還做得到……真的。』

那由只留下這句話——就掛斷了。

她單方面掛斷了電話。

真是的，只顧著說自己想說的話……這妹妹還是一樣任性啊。

「小遊。」

我把手機收進口袋，抬起頭一看。

綁馬尾戴眼鏡的學校款結花……目光直視我。

結花在學校戴上眼鏡就會顯得眼角上揚，在家不戴眼鏡就會像下垂眼……但現在，感覺兩種都不是。

就好像——火焰在燃燒。

站在那兒的結花眼神蘊含了決心。

「校慶才正要開始呢……現在不是說喪氣話的時候。國中時的綿苗結花，已經不在了——我得讓勇海見識到這一點吧！」

「……嗯，對啊。我們一起努力到最後吧，結花。」

就像妳選擇了當聲優。

就像姑且不說我們怎麼結識，但我們選擇了當未婚夫妻一起相處下去。

結花選擇了揮開過去……在學校踏出一步。

然後，她期盼——能讓勇海看到這樣的自己。

所以我要全力支持她。

我絕對會支持她到底，不讓她受挫。

不然……我實在沒有臉說自己是她「丈夫」。

◆

「喔喔～～！不錯嘛，佐方，你穿起來有夠好看～～！」

二原同學賊笑兮兮，看著在內場換好衣服的我。

二原同學，妳絕對是在取笑我吧。

我身上穿的——是所謂的晚禮服，而且是純白的。

抹上髮蠟的頭髮梳成油頭……會讓人想吐槽：你是哪來的男公關。

坦白說，我一點都不覺得自己穿起來好看。

「綿苗同學，來來來，妳來這邊一下～～！」

「……什麼事？」

結花被二原同學叫來，走進內場。

結花的服裝和先前一樣，是經典款女僕裝。

長袖搭配長裙，屬於暴露較少的清純型裝扮——但由綁馬尾戴眼鏡的學校款結花穿起來，感覺就像真正的女僕，非常好看。

「欸，綿苗同學，佐方的服裝很適合他吧？」

「……也還好。」

「小結，妳仔細看。現在內場……只有我們喔。來，坦白說，佐方的服裝……好看嗎？」

「……喜歡～～！呀～～太帥氣了，我眼睛要撐不住了～～！呀～～呀～～～！」

這時門簾唰的一聲拉開，阿雅走進來。

「怎麼了？遊一，剛剛是不是有人發出什麼怪聲？」

「我看怪的是你吧？」

結花若無其事說出很難聽的話。

我倒想說，真虧妳剛剛那一瞬間就能切換成學校模式啊。

「啊哈哈！倉井你這是什麼衣服啦～～有夠好笑～～！」

「只有你一個當鬼屋在扮嗎？」

阿雅扮的——是德古拉伯爵。

他在袖口飄飄的深紅色襯衫外披著領子很高的黑色斗篷。

還細心地在嘴裡戴上模型尖牙。

「嘿……妳們兩個真是不懂啊。」

扮成德古拉的阿雅莫名露出得意的表情。

「我所愛的蘭夢大人啊，為了配合她的冰山美人感，現場舞台就常用上十字架或蝙蝠之類有恐怖片感的設計。所以我變成了德古拉伯爵！我超有一體感的……我感受到了以往沒有的火熱一體感……！」

身為御宅族，我真心挺尊敬你的。

「那我也差不多……該用怪獸裝以外的服裝拚了吧！」

說著，二原同學似乎也起勁了。

她將身上穿的制服……嘩一聲脫掉。

「這……二原同學！」

我說話之餘，視線以超越極限的速度移動到二原同學的胸口。

二原同學制服底下穿的——是粉紅色的韻律服。

是有遮到雙手的那種緊身韻律服。

沒有裙子，而是在大腿處加了很多輕飄飄的布……胸部則有豐滿的果實，在乳膠衣布料下強烈地自我主張。

「哦……」我和阿雅同時發出怪聲。

「怎麼樣啊，這套？帥不帥氣？」

「帥……帥氣……？不，啊，也是，算是吧。對吧，阿雅？」

「啊、嗯。該怎麼說，很色……不，我覺得很好！我覺得非常好！」

二原同學多半是當成戰隊的戰鬥服，真的覺得很帥氣才穿吧。重度特攝迷不是當假的。

呃，我覺得很好喔。雖然意思和二原同學不一樣，但我覺得很好。

「…………你們要摸魚到幾時？別鬧了，男生。」

結花以有魄力的低聲這麼說完，唰一聲拉開內場的門簾。

阿雅似乎是怕了這樣的結花，匆匆鑽過門簾，跑到外面去了。

穿著緊身韻律服的二原同學也跟著出去。

接著——結花轉身面向唯一留下的我。

「……笨～～蛋。小遊是色鬼。」

「對不起。」

「……等回到家，你可要有覺悟喔。我……我會穿遊走在尺度邊緣的衣服來進攻……讓你被我迷得怦然心動！」

搞不清楚她是在罵我，還是在對我說明獎賞內容。

總之，我和結花——一起走出內場。

時間正好十二點。那由和勇海多半也會來光顧吧。

——但願結花能在勇海面前表現好。

我在心中這麼期盼，然而……

不知道是不是預感——我心裡亂糟糟的感覺就是揮之不去。

第19話　我們以史上最認真的態度挑戰校慶的結果……

我和結花開始值班——過了十分鐘左右。

十二點多是最熱門的時段，咖啡館的外場排班也多排了一些人。

其他時段都只有兩三人，這一個半小時則有四人。

男生是我和阿雅，女生是結花和二原同學。

正因為是忙碌的時段，結花的緊張……我想應該更甚於上午吧。

「歡迎光——呃，咦？妳該不會是小那？」

「啥？好噁。怎麼有德古拉伯爵來搭訕我……勇海，報警。」

「慢著慢著！小那，是我啊！倉井雅春！妳以前還在日本，我去遊一家玩的時候，我們不就見過嗎！」

「唔哇，好糟……這是詐騙手法吧？勇海，還是報警吧。」

第19話

我們以史上最認真的態度挑戰校慶的結果……

偏偏在這種忙碌的時段，硬是有難搞的客人跟阿雅有了點口角。

我滿心厭煩，把客人訂的餐點告知廚房後，去幫忙阿雅處理。

「那由……妳如果要礙事就回去。」

「唔哇！這次換成變態晚禮服來施壓了！這間店是怎樣，好可怕！」

「小那捉弄人的手法實在很狠耶……對不起，驚動大家了。」

「……呿！妳裝什麼成熟啦？這樣豈不是弄得好像我是找麻煩的客人。」

妳就是找麻煩的客人啊。

要不是有人看著，我真的會抓妳去訓話。

「唉……算了，也好啦。那麼倉雅，努力扮好你的德古拉伯爵喔。」

「小那妳明明就記得我嘛！」

「遊哥……遊一哥，麻煩帶位。」

「啊，嗯……那麼，請往這邊。」

勇海察言觀色，自制不叫我「遊哥」，和那由兩個人在桌旁坐下。

那由一如往常，在短得會露出肚臍的T恤外披著牛仔外套，短褲下露出的腳蹺起二郎腿，拄著臉維持在短髮會微微傾斜的角度。坐相差得離譜。

相對地，勇海則是老樣子，一身白色襯衫與黑色正裝，用領帶夾夾住黑色領帶的執事裝束。

綁成一束的頭髮與藍色隱形眼鏡，讓她比這間教室裡的任何人都更透出Cosplay的感覺。

「我說遊一……小那帶來的美青年，是她男友嗎？」

「不是，而且要是你直接去問那由，會被她宰了。」

會這麼想也是情有可原，但我不想看到無謂的流血場面，所以還是解釋了一下。

她是結花的妹妹——這件事說出來就會把事情弄複雜，就先不說。

把她解釋得像是我和那由都認識的人，也是二原同學請來當這次Cosplay咖啡館顧問的男裝女子。

「是喔……我想也沒想就以為是個型男，原來是女生啊。不過，那孩子……會不會太浮躁了？明顯搞得形跡可疑啊。」

嗯，今天的勇海舉止很可疑，這我了解。

理由我不能說就是了……抱歉啦，阿雅。

「呀喝！那仔、勇海！」

這時出現在她們兩人面前的——是穿著粉紅色緊身韻律服的二原同學。

相信無論是那由還是勇海，都沒料到她會穿成這樣吧……只見她們的動作一瞬間停住。

「……小二，呃，所以這裡是十八禁的店？」

「小那！妳說什麼啊～～不過小二這個稱呼真棒！今後也麻煩這樣叫我～～」

「……桃乃姊，妳聽了我各種建議後，是經過什麼樣的變遷才會穿成這樣？」

「像是女僕裝啦，啦啦隊服啦，小魔女啦……女生全都穿上了可愛的衣服嘛！我就想說至少要有一個女生穿帥氣路線的衣服來炒熱氣氛。」

「帥……氣……？」

「這個辣妹在說什麼啊，好可怕。」

那由&勇海這一桌的氣氛冰冷到極點。

一名身穿女僕裝的少女迅速端來了水。

「歡迎回來。」

「……謝謝妳。」

勇海本想說些什麼，但接過水杯後放低了視線。

那由茫然看著結花與勇海的情形。

「……請問兩位要點什麼餐呢？」

「那麼，我要咖啡歐蕾。勇海呢？」

「啊，嗯……給我黑咖啡。」

「兩位都要熱的嗎？」

雖然說話語調略顯公事公辦……考慮到結花上午的生硬，就讓我感受到她也很努力在接待客人。想來也有一部分是因為這是在勇海面前。

結花為她們點完餐後，前往廚房轉達。

「欸～～我們看看這間店嘛！」

正好就在這個時候。

一名金色長髮的女性以及黑色捲髮的女性，兩個人一起走進店裡。

「歡迎主人回來。」

結花深深一鞠躬，為她們帶位。

兩人妝都比較濃，彩繪指甲和飾品也都做滿戴滿……感覺跑趴感超重的。

結花前往兩個跑趴女的桌前，為她們點餐。

要不要緊啊……感覺這對客人對結花而言，接待難度很高。

「……請問兩位要點什麼餐？」

我聽到身後的椅子喀噹一聲響。

「勇海，坐下啦。」

接著又是喀的碰撞聲。

往後一看——是那由推動桌子，往想站起的勇海身上一撞。

勇海受到攻擊而按住腹部，一臉痛得說不出話的表情，踉蹌地坐下。

第19話
我們以史上最認真的態度挑戰校慶的結果……

「……小那，剛剛那一下未免太過分了吧？」

「啥？還不是因為妳想多管閒事？妳剛剛絕對想著要去幫結花吧？這樣對她保護過度了啦，真的。」

她們在搞什麼啊……我正發著呆這樣想。

「咦～這衣服好可愛～欸欸，妳這衣服，在男朋友面前也會穿嗎？」

金髮女性對來點餐的結花開玩笑。

黑髮女性也跟著開始跟結花搭話。

「欸欸，我們兩個是這間高中的畢業生～可愛的女僕小姐，給我們一點優待嘛～」

「……您的意思是？」

「啊哈哈！開玩笑的。不用那麼正經八百，多笑一笑嘛～不然這樣太不起眼了啦～」

我感覺到……她的這句話讓結花的表情——當場變僵。

「啊～不過這種孩子，我們那時候班上也有吧？記得是二年級的時候？就是完全都不笑的類型……名字叫什麼來著？」

「咦，不知道。有過嗎？我記性很差啊。連英文都記不得幾個，哪可能記得住很少講話的同班同學啦～」

我能痛切了解她之所以僵在原地的心情。因為這跑趴二人組給人的感覺，多半……

讓結花隱約想起了……自己抗拒上學的國中時代。

得趕快去救她。我想到這裡，趕緊就要跑過去。

——但又想到「這樣真的好嗎」而停下腳步。

這個時候要救結花很簡單。

因為只要由我代替她去應對客人，讓她遠離這兩個人，不讓她受到傷害就可以了。

可是……結花下了決心，要在學校踏出一步。

我這樣——真的能算是支持她嗎？

「等等！勇海，就叫妳別站起來啦……」

「這種事情我怎麼可能做到！」

我聽見勇海對那由呼喊，聲音大得迴盪在整個店面。

回頭一看，就看見勇海猛力想甩開拉住她衣角的那由，眼看隨時都會衝出去。

本來聊得很雀躍的跑趴二人組也一陣騷動，不清楚發生了什麼事。

看到這樣的情形……我做出覺悟，堅定地踏出腳步。

「這位客人，請問有什麼事嗎？」

於是，我一身純白的晚禮服飄動。

站到勇海的正前方——恭恭敬敬地一鞠躬。

◆

對於出現在眼前的我……勇海一瞬間狠狠瞪了我一眼。

但還是心不甘情不願地暫且坐回椅子上。

「咦～～剛剛那是怎樣～～好可怕～～」

「女僕小姐～～好可怕喔，這種時候妳要用笑容來帶動氣氛啊～～」

「啊……呃，呃……」

看到跑趴二人組又開始糾纏結花，勇海忿忿地說了：

「……還是讓我過去。我要去救結花。」

勇海再度想起身，而我——用力按住她的肩膀。

「……請問這是做什麼？請你放開我。不然，就請遊哥……你去救結花。」

勇海的臉色摻雜著焦急與憤慨等各種情緒。

勇海她……應該就是這麼喜歡姊姊，才會這麼擔心吧。

可是——

「不，我……不去救結花。」

「……啥？請問這是在開玩笑嗎？你是要成為結花『丈夫』的人吧？結花遇到困難，你卻連去救她都不肯，這是哪門子的『夫妻』……！」

「又不是只有去幫忙才叫作『夫妻』。」

勇海的動作當場停住。

我對這樣的勇海靜靜地說下去。

「我也一樣，其實……我想立刻去救她，因為我不想看到她難過的表情。可是——結花她說想讓勇海看到她努力的樣子，想要妳見證她已經不再是國中那時候的綿苗結花。她這麼說了，所以——我該做的事情就是和妳一起……在這裡，照看著結花。」

「……明知道結花可能會失敗？」

「如果她失敗，我會全力鼓勵她；如果她成功，我會和她一起開心得不得了。我會用這樣的方式支持這個比誰都拚命的『太太』──這是我做『丈夫』的本分。」

「……遊哥。」

勇海似乎說不出話來，默不作聲。

但她的視線……筆直投向她的寶貝姊姊。

「女僕小姐～～轉過來嘛～～」

「笑一笑啦～～妳笑起來一定比較可愛～～」

跑趴二人組彷彿忘了勇海剛才的舉動，再度聊得起勁。

除了我們以外的班上同學也都開始交頭接耳，覺得：「是不是去阻止她們比較好？」

「…………我！」

──這個時候。

一個通透的美麗嗓音……直透我心中。

「我……和別人溝通的能力爛到不行，平常就是這種樣子……對不起，我不太能回應兩位的期待。可是——這咖啡館是全班同學努力準備的很重要的地方，所以……」

她說得吞吞吐吐。

卻又以鎮定的口氣這麼說完。

綿苗結花隔著眼鏡的鏡片——忽然露出平靜的微笑。

「……還請兩位好好玩個開心喔，大小姐。」

「……啊，呃……」

「……咦，好可愛……」

結花的舉止讓跑趴二人組也不由得說不出話來。

「——喔喔！這不是岡田和山田嗎！妳們畢業以後就沒見過啦！」

這個一邊大聲說話打破寂靜……

一邊走進教室的人，是我們班的導師——鄉崎熱子。

身後還跟著似乎是去找了鄉崎老師來的二原同學。

「……這、這不是鄉崎老師嗎！」

「唔哇啊！真的有夠鄉崎老師的～～！一模一樣到好好笑～～！」

兩人似乎認識鄉崎老師，開心地大喊。

鄉崎老師對跑趴二人組做出的舉動是——一把緊緊抱住她們。

「……重考生活會不會很難受？對不起啊，要是老師能多幫妳們一點就好了。」

「才……才不是這樣，因為在高中的時候沒好好念書準備考試的……是我們自己嘛。」

「我們雖然笨，但真的有夠努力，所以……我們絕對會考出好成績。老師，請妳看著吧！」

沒想到跑趴二人組這麼把鄉崎老師當自己人。

也許鄉崎老師意外地適合應付這種類型的學生。

「……似乎是順利解決，真的太好了呢。」

二原同學在這樣的我耳邊說悄悄話。

「我覺得這兩個學姊很眼熟，所以就想到去年當三年級導師的鄉崎老師可能認識她們。為了避免出什麼狀況，我就去找了老師來……不過感覺是我杞人憂天了吧？」

「……不，有這種會為防萬一採取行動的朋友……很令人感謝。」

暗中做出對策的這種感覺——真的很像變身英雄呢，二原同學。

「綿苗同學好厲害！感覺就像真正的女僕！」

「原來綿苗同學會那樣笑啊！我都忍不住心動了～～」

「也還好。」

結花對反應轟動的同班同學們做出一如往常的冷淡對應後。

她站到勇海她們所坐的桌旁，先注視著我好一會。

接著就像真正的女僕那樣——深深一鞠躬。

「謝謝你，佐方同學……謝謝你沒來救我。」

「不會。因為我相信綿苗同學能夠努力應付過來。」

「……因為我決定要自己努力。因為，為了來看的人，也為了一直支持我的人——我想讓他們看到我已經不一樣了。你讓我一個人努力……真的太好了。」

結花說完這幾句話。

彎下身子，朝著眼前的一名少女小聲問起：

「……勇海，妳覺得怎麼樣？我……是不是有了點改變？」

勇海微微點頭回應結花的這個問題。

接著——以像是隨時都會哭出來的聲音回答：

「對不起喔，結花。結花……明明已經能用自己的雙腳站穩，我卻……連這種事都不試著去了解……」

「不會。我才要說……對不起，我這個姊姊這麼靠不住。」

由於有旁人在，結花仍然保持距離。

但相信她一定覺得勇海讓她心疼得只想緊緊抱住吧。我這麼覺得。

「勇海，我啊，已經變得比以前堅強了點……因為我還遇見了願意在我身邊支持我，最棒的未來的丈夫。姊姊已經不要緊了，所以……我希望妳不要再當為了保護我而努力的勇海……而是能享受勇海自己的人生。這就是做姊姊的我——對妳的請求。」

「…………嗯。我最喜歡妳了……姊姊。」

勇海用力擦了擦滲出眼淚的眼睛。

接著迅速起身——先整理弄亂的執事服，然後一鞠躬。

「結花……姊姊以後也要請你多關照了，遊哥。」

——就這樣。

雖然發生過不得了的狀況——

我想大家通力合作，努力到今天的本次校慶……

對我和結花而言，都是這輩子……最棒的一次校慶。

第19話

我們以史上最認真的態度挑戰校慶的結果……

第20話 【超級好消息】我的未婚妻在晚上的教室露出最燦爛的笑容

等攤位的收拾工作大致結束，為校慶劃上句點的管樂社演奏開始了。

我旁觀聚集在運動場上鬧哄哄的大家——回想這看似漫長，卻轉眼間就結束的校慶。

「佐方同學。」

往身旁一看，不改撲克臉的學校版結花早已站在那兒。

總覺得她眼鏡下的眼睛有點濕潤。

接著結花……慢慢抬頭仰望校舍。

「好開心喔……非常開心。」

「……是啊，很開心，真的。」

我們有了這樣的對話。

我和結花並肩站著，就只是靜靜地委身於管樂社的演奏中。

於是——當樂曲結束。

「……妳們兩個！真的謝謝妳們啊！我……真的好開心啊！」

二原同學突然從身後把手臂搭在我和結花的肩上，整個人壓了上來。

而且還哭得有夠大聲。

不過這也難怪吧……畢竟這次我們班上最努力的就是二原同學啊。

「來，二原同學，手帕借妳，眼淚擦一擦。」

「嗚嗚……謝謝妳……結結，我最喜歡妳了～～～～！」

「不要親熱地叫我結結什麼的。」

也不想想自己平常被她叫結結時，開心得嘴都合不攏。

想到雖然發生了很多事，但在學校的結花還是這麼古板，就忍不住苦笑。

於是我從口袋裡拿出手機，打開RINE的交談畫面。

『哥，辛苦啦。勇海一直哭，很吵，所以趕快回來啦。』

『遊哥，今天真的很謝謝你！結花以後也要請你……萬事多關照了。』

我關掉手機畫面。

不知不覺間，留在運動場上的學生人數也漸漸稀少。

太陽完全下山了，讓她們兩個等太久也不好，所以我們差不多該回家了吧。

我正想到這裡——結花就輕輕拍了我的肩膀。

「……綿苗同學？怎麼啦？」

「啊……沒有。呃……佐方同學，非常抱歉。」

結花有些欲言又止，以在學校而言，罕見地臉頰微微發紅。

——然後下定決心似的說了：

「我有東西忘在教室。可以請你……陪我一起去嗎？」

實在無法想像這裡到剛剛都還被拿來當Cosplay咖啡館。

課桌椅在教室裡排列得整整齊齊……讓人不禁感覺到校慶簡直像是一場夢。

「……小遊，久等了～」

我正發著呆在教室裡張望，忽然聽到結花叫我，便趕緊轉過頭去。

——我看見的是……

鬆開頭髮，摘下眼鏡。

就像在家裡那樣露出平靜笑容，坐在座位上的結花。

「呃……為什麼這樣打扮？而且妳忘了拿的東西呢？」

「嘻嘻嘻！其實我不是有東西忘了拿～」

「……嗯？所以妳是騙我？」

「倒也不是在騙你～～」

這是怎樣，參禪問答嗎？

我莫名其妙地歪頭納悶，結花就對我招招手。

我在她的催促下，在她隔壁座位坐下——她就慢慢將視線轉往教室上方。

「……我忘記的東西啊，是在國中的教室。」

就像結奈一樣通透的嗓音。

以及比平常更溫柔，就像寧靜的湖畔一樣平靜的微笑。

各式各樣的結花交融——合而為一。

「那個時候，上學這件事……就是讓我好害怕。我怕得幾乎每天都在哭，把自己關在家裡。然後……我就把本來在國中一定能創造出來的回憶都忘在教室裡了。」

「可是——」她說。

結花大大伸了個懶腰——然後再度面向我。

「今天的校慶，我真的好開心……覺得比之前多了點能夠往前走的勇氣。所以……我已經覺得……就忘在那兒也無所謂了。我能夠覺得……以後我會創造出更多回憶，所以忘在那兒的東西就繼續留在那兒也沒關係了。」

「……是嗎？那以後，我們可得好好開心個夠啊。」

「嗯！跟小遊……一起嘍！」

——啾！

「……這！」

突如其來的舉動讓我嚇了一跳，整個人從椅子跌落。

看到我這樣，結花「啊哈哈！」地笑了笑。

然後就像結奈那樣，像平常天真無邪的結花那樣——露出惡作劇的表情說道：

「以後我們也要一起創造很多很多美妙的回憶喔，這世界上我最喜歡的……小遊！」

☆和泉結奈的工作資訊☆

啊～～……校慶玩得好開心啊！

我用力抱住坐墊，陶醉在餘韻中，在客廳滾沙發。

小遊在泡澡～～♪等小遊出來，就輪到我～～♪

「真是的，結花。妳這樣邋遢，會被遊哥討厭喔。」

——火大。

「小遊才不會因為這種事討厭我！勇海簡直像個婆婆！」

「婆婆！好笑，婆婆！真的是婆婆！」

「抱歉，小那……說真的可以請妳閉嘴嗎？我真的要生氣了喔。」

勇海被那由挑釁，在眼鏡下揚起了眼尾。

勇海的居家服是附有蕾絲的粉紅色與白色的連身裙。

我個人是覺得比起扮男裝的勇海，更喜歡這種可愛的勇海。

「對了，勇海，爸爸跟媽媽過得好嗎？」

我一邊滾沙發一邊問勇海。

「媽媽沒什麼兩樣，還是在說什麼：『不知道結花有沒有被她未婚夫做觸法的事情？』還是那麼保護過度啊。啊哈哈！」

嗚哇啊……媽媽真是的。

而且勇海妳雖然在笑，媽媽的保護過度絕對也遺傳到妳身上了好嗎？

「唉……爸爸呢？對了，起初妳說全家要來打照面的時候，小遊就很緊張呢。」

「啊哈哈！畢竟爸爸工作很忙嘛……似乎一直抽不出時間。雖然他好像也有這個意思想見見遊哥就是了。」

「哦～～可是就算見了面，決定要我和小遊結婚的人就是爸爸。電視劇常有的那種『我不會把女兒交給你這種人～～！』的劇情是一定不會發生的……所以小遊也不用那麼擔心吧？」

「啊～～…………嗯。也對，算是吧～～」

我們正聊著這些無關緊要的話題。

——叮鈴鈴鈴鈴鈴♪

我的手機響起ＲＩＮＥ電話的鈴聲。

「咦？會是誰呢……呃，蘭夢師姊！」

我趕緊一隻手拿著手機衝到走廊，挺直了腰桿才接電話。

☆和泉結奈的工作資訊☆

「辛苦了，我是和泉結奈！」

『不好意思，這麼晚打給妳。結奈，可以打擾一下嗎？』

「好……好的！當然沒問題！」

嗚咿……好緊張喔。

跟我隸屬同一間聲優經紀公司的紫之宮蘭夢師姊。我們年紀差不多，出道時期也差不到半年，可是……總之她就是好有威嚴。

我非常尊敬她喔，可是透過電話說話……我還是會戰戰兢兢。

『首先恭喜妳，我期盼這對妳來說會是一次飛躍。只是……有一句話我要先說在前面，那就是妳必須認真去挑戰，不要扯我後腿，否則我會很為難。千萬不要只顧著「弟弟」，怠忽了聲優工作——』

「咦？呃……請問！蘭夢師姊……妳在說什麼？」

——忽然間。

再也聽不見電話另一頭蘭夢師姊說話的聲音。

然後，過了一會。

『……結奈，下次活動的事情……經紀人沒跟妳說嗎？』

「是……是的。搞不好是……因為我今天有事，手機一直沒開。也許就是這段時間內有過聯絡。」

『是嗎……那妳就先去聽聽經紀人怎麼跟妳說。』

「咦！不，都說到這裡了，我會很好奇！蘭夢師姊，請妳告訴我！」

『……不了，這種事情必須先由經紀人說，因為我認為照規矩來很重要。只是，嗯……我就只先說一句吧……我非常期待。』

——嘟！

啊嗚……真不愧是蘭夢師姊，真的不告訴我……

會是什麼事情呢？蘭夢師姊說是活動，會是新的工作嗎？

雖然不知道是什麼事——蘭夢師姊都對我說很期待了！

好～～！今天我在學校努力過了，接下來……我也要努力做聲優的工作～～！

☆和泉结奈的工作資訊☆

後記

【好消息】PV&漫畫版&周邊精品等，話題沸騰中！

真的每次都非常感謝各位讀者的支持，我是氷高悠。

《【好消息】我的不起眼未婚妻在家有夠可愛。》——簡稱《【好消息】》，拜各位讀者熱烈的支持所賜，順利推出了第三集！

就如後記開頭所說，將會發布由伊藤美來老師為結花配音的PV；漫畫版企畫正在《月刊Comic Alive》進行中，還確定將在「新宿丸井百貨Annex MEDICOS SHOP」擺設限時展售區等等……有許多第一次的經驗。在這本第三集，還有幸發售附特典的限定版，讓我滿心感謝各位讀者對《【好消息】》的愛！

另外，在下氷高出道即將滿八週年，而這次就是「刊行第十本」的作品……同時也是第一次寫到「第三集」，是一本值得紀念的作品！

感受到有很多讀者喜愛結花他們，真的讓我很開心。

我會繼續精進，讓這個系列今後也能繼續推出讓大家看得開心的故事。

……接下來的內容會洩漏第三集的劇情，要請從後記讀起的讀者小心了。

結花這個不是普通難搞的妹妹綿苗勇海，從第三集開始正式登場。

平常是個女扮男裝型男Cosplayer，但私底下的她其實有點廢，對結花總是在白忙——是個落差感非常強，讓人覺得果然有其姊必有其妹的孩子。

繼那油、桃乃之後，再加上這樣的勇海，讓笑鬧愛情喜劇的步調不斷加速，然而……結花的「過去」也是本次的主題之一。

過去的苦惱，現在的幸福。結花懷抱著各式各樣的感情，漸漸踏出第一步——如果各位讀者願意溫暖地照看著這樣的她，那就太令人欣慰了。

接著我要獻上謝辭。

たん旦老師，您所畫的封面讓我內心讚嘆：「同樣是穿女僕裝，在學校和在家原來可以差這麼多嗎？」勇海與那由的彩色插畫，加上很多體現出結花滿滿可愛的插畫……這次也承蒙您為本

作賦予這麼多活力，真的非常謝謝您！

T責編，包括各式各樣的企畫，感謝您帶動《【好消息】》變得愈來愈熱鬧，非常謝謝您！但願將來能有機會來談談本作製作過程中的種種祕辛！

參與本作出版與發售的所有相關人士。

在創作方面有來往的各位人士，朋友、諸位前輩、後輩、家人。以及各位讀者。

多虧有這麼多人的支持，我才能以本集《【好消息】》迎來值得紀念的出道第十本書，真的讓我非常開心。謝謝大家一直以來的支持！

另外搶在漫畫版連載之前，將會公開請到石谷春貴老師為遊一配音的有聲漫畫&序章連載，由椀田くろ老師那有夠可愛的插畫所點綴的漫畫版《【好消息】》……真的讓我非常期待！無論小說還是漫畫版，還請各位讀者繼續給予支持與愛護！

但願各位讀者讀過《【好消息】》，每天都能多一點快樂。

那麼，期待下一集還能與各位相見。

冰高　悠

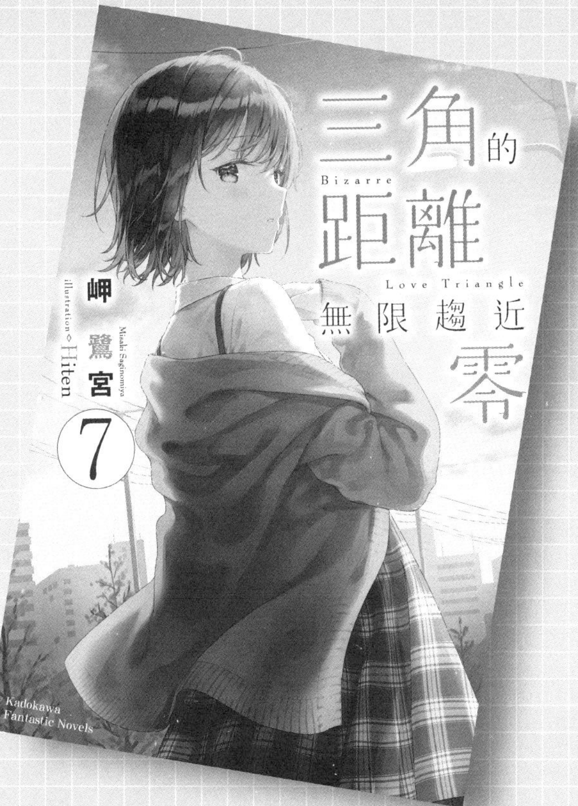

三角的距離無限趨近零 1~7 待續

作者：岬鷺宮　插畫：Hiten

我愛上的那個女孩體內住著兩個靈魂——
與雙重人格少女譜出的三角戀愛故事。

在跟秋玻與春珂談戀愛的過程中，我變得搞不懂「自己」了。春假期間，她們在旁邊支持我，陪我一起找尋自我。而人格對調時間逐漸縮短的她們同樣到了該面對自己的時候。跟雙重人格少女共度的一年結束，我得知走向終點的「她們」最後的心願——

各 **NT$200~220/HK$67~73**

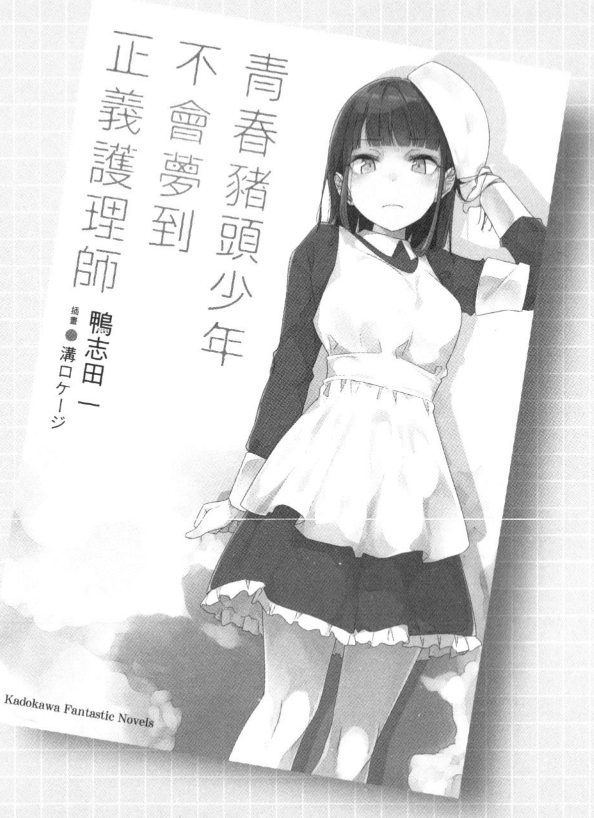

青春豬頭少年不會夢到正義護理師

Kadokawa Fantastic Novels

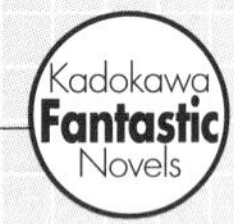

作者：鴨志田 一　插畫：溝口ケージ

都市傳說「＃夢見」在學生間成為話題。
郁實藉此化身為「正義使者」助人？

寫下來的夢會應驗——這個都市傳說「＃夢見」在學生們的SNS成為話題。咲太目擊郁實藉此化身為「正義使者」助人，也得知她碰上了類似騷靈的現象，而且原因好像來自以前的咲太……？開啟上鎖的過去之門，青春豬頭少年系列第十一集。

各 **NT$200~260/HK$65~80**

轉學後班上的清純可愛美少女，
竟是小時候玩在一起的哥兒們 1~3 待續

作者：雲雀湯　插畫：シソ

水上樂園、打工、購物——
與妳一起度過的特別的暑假！

隼人發現春希在自己心中有「特別」的地位後，對於急速拉近的距離感到不知所措。另一名兒時玩伴沙紀對隼人抱有「好感」，春希卻沒辦法心甘情願地聲援朋友的戀情，這份感情到底是……當春希對自己的心情束手無策時，期盼已久的暑假來臨了！

各 **NT$220~270/HK$73~90**

位於戀愛光譜極端的我們

KEIKENZUMINAKIMITOKEIKENZERO NAOREGAOTSUKIAISURUHANASHI

3

長岡マキ子

插畫／magako

Kadokawa Fantastic Novels

位於戀愛光譜極端的我們 1~3 待續

作者：長岡マキ子　插畫：magako

暑假結束後是令人懷念又乏味的日常……
不對，是充滿更多刺激的第二學期。

順利跨越「兩個月障礙」之後，月愛再次邁開成長的腳步。龍斗為了不讓自己落後，也決定重新出發。月愛與龍斗——這對截然不同的情侶與他們的夥伴們譜出的愛情故事來到了第三集。在這集當中，某個角色得到幸福，而某個角色則被甩了。

各 NT$220/HK$73

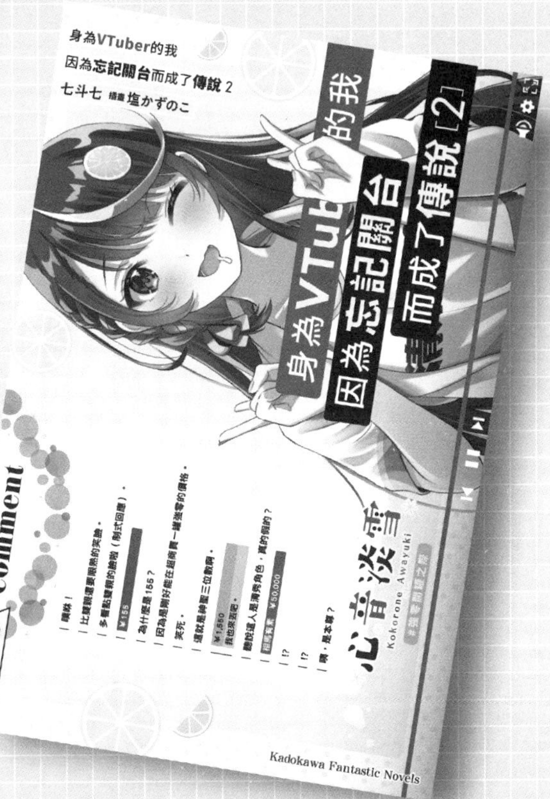

身為VTuber的我因為忘記關台而成了傳說 1~2 待續

作者：七斗七　插畫：塩かずのこ

危險的四期生來勢洶洶！
衝擊性十足的VTuber喜劇第二集！

因為開台意外而一舉成名的Live-ON三期生心音淡雪，終於有了自己的後輩！卻突然冒出向淡雪告白示愛的四期生！不僅如此，其他四期生也是渾身Live-ON風格的怪胎！到頭來，淡雪甚至被稱為「超（棒的）媽咪」？

各 **NT$200/HK$67**

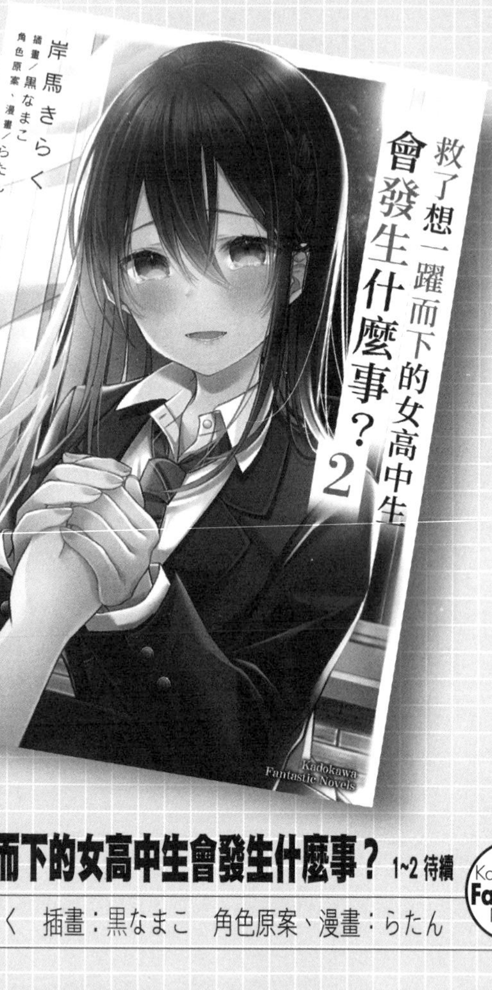

救了想一躍而下的女高中生會發生什麼事？ 1~2 待續

作者：岸馬きらく　插畫：黒なまこ　角色原案、漫畫：らたん

「……我真的很慶幸自己是你的女朋友。」
與放棄求生的她展開全新的幸福生活，第二幕。

成天忙著讀書和打工的結城，終於交到女朋友了。而小鳥也藉著與結城溫存的時光，慢慢地治癒內心的創傷。在如此幸福的日子裡，他們遇見了總是獨自一人的寂寞鄰居少女。兩人的生活加入了這位孤單少女後，竟有種宛如新婚的甜蜜氣息？

各 **NT$220/HK$73**

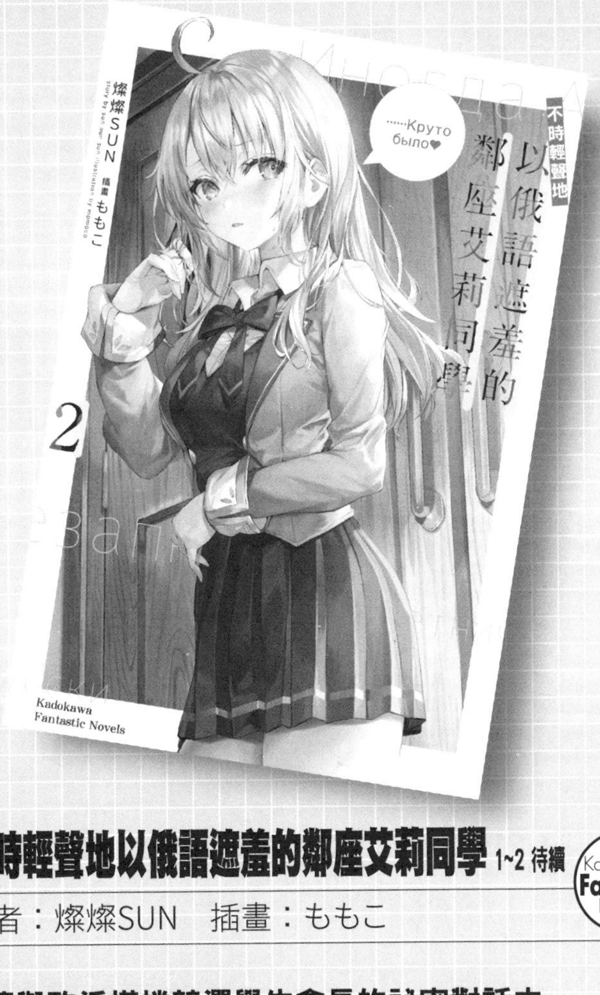

不時輕聲地以俄語遮羞的鄰座艾莉同學 1~2 待續

作者：燦燦SUN　插畫：ももこ

艾莉與政近搭檔競選學生會長的祕密對話中
艾莉脫口說出的俄語令她事後嬌羞不已!?

「喜……喜歡？我說了喜歡？」「『在妳身旁扶持』是怎樣？啊啊～～我真是噁心又丟臉！」艾莉與政近於黃昏時分在操場的祕密對話中，說好要搭檔在會長選舉勝出。事後兩人卻相互抱持糾結的情感……和俄羅斯美少女的青春戀愛喜劇第二彈！

各 **NT$200~220/HK$67~73**

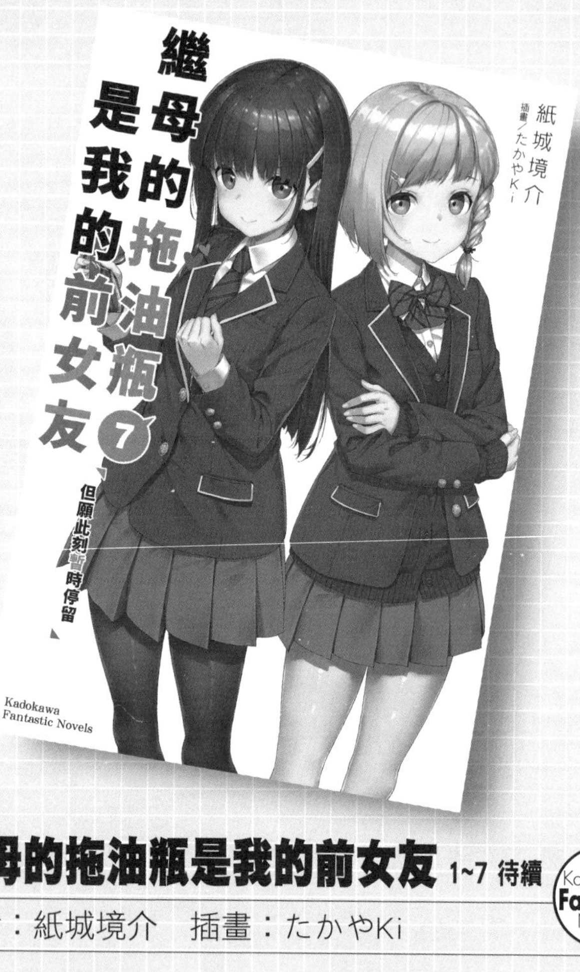

繼母的拖油瓶是我的前女友 1~7 待續

作者：紙城境介　插畫：たかやKi

「──我們的生日。那天，你要空出來喔。」
以兄弟姊妹關係迎來這天的兩人將面對彼此感情？

當起學生會書記的結女，神色緊張地踏進學生會室，誰知室內卻聚集了一群對戀愛意外多愁善感的高中生！以往與水斗成天互酸的她，事到如今難以啟齒表達好感，竟從學生會女生大談的戀愛史當中獲得靈感，想出引誘水斗向自己告白的「小惡魔舉動」？

各 **NT$220~270/HK$73~90**

你喜歡的不是女兒而是我!? 1~4 待續

作者：望公太　插畫：ぎうにう

兩人的關係即將往前邁進一步。
一個艱難的抉擇卻又出現在他們面前——

遲遲沒回覆告白的我，終於不再猶豫了。一察覺自己的心意，我就在如火山爆發的情感之下吻了他。面對突如其來的吻，他雖然一臉驚訝，但是不用擔心，因為我倆之間早已無須言語。這下我和阿巧就是男女朋友了！結果這麼想的只有我一個……？

各 **NT$220/HK$73**